D+

dear+ novel

koisuru chicken・・・・・・・・・

# 恋する臆病者《チキン》

月村 奎

新書館ディアプラス文庫

# 恋する臆病者《チキン》

contents

illustration:小椋ムク

恋する臆病者《チキン》
/Koisuru Chicken

# 1

料理本が平積みされたコーナーの前に屈《かが》んでストッカーをチェックしていた五十嵐玲《いがらしれい》は、年配の女性に「ちょっといいかしら」と声をかけられて顔をあげた。

「写経の本ってどこ?」

「あー、えっと、そこを右に行った奥だったと思うんですけど。すみません、僕、店の者ではないので、申し訳ないですがあちらのエプロンの女性に確認してもらえますか?」

玲がメガネを直しながら苦笑いで詫《わ》びると、品の良い白髪の女性は目を丸くした。

「あら、ごめんなさいね。そんなところを開けているから、店員さんだと思ったわ」

「すみません、出版社の営業なんです」

首から下げた社員証をつまんでみせる。

「あら、森川《もりかわ》出版さん?　おたくの料理本、たくさん持ってるわ」

「ありがとうございます!　今後ともよろしくお願いします」

お得意様に心から感謝をこめて頭を下げる。

スーツにビジネスバッグのいでたちからして書店員とは違うのだが、こんなふうに間違えられることはよくある。別の担当書店で在庫チェックをしていたときには、客に万引きと勘違いされたこともある。上司からは「おまえは自信なさげにオドオドしてるから、ヘンな勘違いをされるんだよ」と失笑を買った。実際、書店員と間違われることはあっても、万引き犯と間違われた営業は玲くらいのものだ。

生活実用書と文芸書が主体の森川出版に就職して五年。仕事には充分慣れたが、真面目《まじめ》で人見知りな性格のせいで、いつまでたっても新人（あるいは万引き犯）のように見られてしまうのが情けないところだった。

「五十嵐さん、お待たせしてすみません」

レジ応援に行っていた実用書担当の小村《こむら》が戻ってきた。玲と同じ二十代後半の、小柄《こがら》で可愛《かわい》らしい女性だ。売り場担当になってから半年、たまには冗談を言い合う馴染みの間柄だ。

年度替わりが売れ時の料理の基礎系のムックは、運動会も済んだ十月半《なか》ばのこの時期はやはり売れ行きが落ちているらしい。一方で先月から朝の情報番組の料理コーナーを担当している若い料理家のレシピ本は追加注文をもらうことができた。

注文書に印鑑をもらったあと、玲は紙袋から筒状に巻かれたポスターを取り出した。

「今度小社から椎名貴博《しいなたかひろ》のエッセイ本が出るんです。これ、販促ポスターなんですけど、貼っていただけるとありがたいです」

「あ、情報は聞いてます。森川出版さんでアイドル本って珍しいですね」

小村が目をぱちぱちさせた。

「そうなんです。椎名さんがうちの文芸の編集長と懇意《こんい》らしくて。……ていうか椎名さんってアイドルの括《くく》りでいいんですかね」

玲が小首をかしげると、小村は「そう言われてみれば」と考え込んだ。

「ルックスはアイドルばりの美しさだけど、元は子役だったし、本業は俳優さんかしら？　あ、でもバラエティ番組にもよく出てますよね。人好きのするキャラクターで明るいし面白《おもしろ》いし、頭の回転も速いし」

「ですよね。メインは俳優業なんでしょうけど、マルチタレントさんっていうんですかね。この間は芸能人の歌のうまさを競う番組で優勝してましたよね」

「あ、見ました、それ！　『I love you』素敵でしたよねぇ」

小村はポスターを広げ、こちらを向いて爽《さわ》やかに微笑《ほほえ》む椎名貴博をうっとりと眺めた。

「顔よし性格よしで歌もうまくて、そのうえ文才もあるなんて、羨《うらや》ましいですよね。ゴーストライターじゃなければだけど」

冗談めかすように言ってから、小村ははっとした顔になった。

「すみません、私ったら冗談にしても失礼なことを……」

「いえいえ」

玲は笑ってかぶりを振った。人見知りの玲にとっては、そんなブラックジョークを振ってもらえるくらい気さくに思ってもらえていることはむしろありがたい。

実際、タレント本やビジネス書などの中には、本人に代わってライターが文章を起こしている本は多数存在する。ゴーストライターという言葉はどうもイメージが良くないし、実際胡散《うさん》臭《くさ》いものもある。しかし本人が口頭で伝えたことをライターが読みやすく原稿に起こすという手法自体を玲は否定しようとは思わない。文章を書くことに不慣れなタレントや専門家などが自力で一冊分の原稿をまとめるのは至難の業《わざ》であり、ライターとの二人三脚で読みやすい形で世に出すことには意義があると考えている。

「正直、僕も最初はライターさんの口述筆記かなって思っちゃったんですけど、担当編集に聞いたら、正真正銘《しょうしんしょうめい》、椎名さんが書かれた本らしいですよ」

「わぁ、そうなんですね！　すごく読んでみたいです」

「僕も見本があがるのを楽しみにしているんです」

出版社によってはゲラ刷りの段階で営業が目を通す場合もあるようだが、森川では製本されてから回ってくるのが普通だった。玲は職業意識を上回る熱意で見本を心待ちにしていた。

ひとしきり椎名貴博の話で盛り上がって売り場をあとにした。

店を出たところに小村が追い掛けてきた。

何か忘れものでもしたかと鞄《かばん》や紙袋を確かめる玲に、小村がはにかんだように小声で話しかけてきた。

「あの、五十嵐さん、今度の日曜日はお忙しいですか？」

「日曜ですか？」

「よその営業さんから映画の試写のペアチケットを頂《いただ》いたんですけど、もしお暇《ひま》だったら一緒に行きませんか？」

小村の表情からいつにない緊張感が伝わってきて、思わず身構える。玲は決してモテるタイプではないが、二十七年の人生で何度かは女の子に告白されたこともあり、この張り詰めた空気には覚えがあった。

小村は仕事のしやすい素敵な女性だが、それ以上の感情は持っていない。用事があることにして断ろうかと思ったが、別の日を提案されると引っ込みがつかなくなる。

軽い罪悪感《ざいあくかん》を覚えつつ、職場の先輩に以前レクチャーされた断り文句を口にした。

「すみません、すごく行きたいんですけど、女の人と出かけると彼女がうるさいので」

相手の誘いが重い軽いにかかわらず、この言い方なら気まずくならずに断れると教わった。

案の定《じょう》、小村は一瞬残念そうな顔になったものの、すぐに営業スマイルを取り繕《つくろ》って茶化してきた。

「あら、五十嵐さんの彼女さんは束縛系《そくばくけい》なんですね」

玲は照れ笑いを浮かべてみせ、もう一度誘いへのお礼とお詫《わ》びを口にして、また来月伺いますと頭を下げた。

地下鉄の入口へと向かいながら、罪悪感がチクチクと胸を刺す。嘘も方便とはいえ、真面目な性格の玲は嘘をつくのが苦手だった。本当は彼女などいない。そもそもゲイである玲に女性と交際するのは不可能なのだ。だがもちろん、そんなことを仕事相手に馬鹿正直に打ち明けるわけにはいかない。

さらに言えば、男性とも当面つきあうつもりはなかった。以前つきあっていた恋人との関係がトラウマとなって、玲は恋愛に臆病《おくびょう》になっていた。

今は仕事が恋人、とでも言えればいいが、昨今の出版不況で仕事も順風満帆《まんぱん》とは言い難い。本音を言えば、私生活に癒《いや》しが欲しいところだった。しかし新しい恋をして、自分の恥ずかしい秘密が露呈《ろてい》したら、きっと相手はまた呆《あき》れて自分を蔑《さげす》むだろう。そのいたたまれなさを思えば、淋《さび》しくても一人でいる方がまだ気が楽だった。

その後、受け持ちの書店を三軒ほど回り、会社に戻って報告書と注文書を書きあげて、玲が帰途についたのは七時過ぎだった。

出版社勤務というと時間が不規則なイメージがあるが、それは主《おも》に編集部のことであって、営業部の勤務時間は比較的規則正しい。

１ＤＫのこぢんまりとしたマンションに帰りつくと、洋風幕の内弁当とビールの入ったコンビニ袋をテーブルにのせ、玲はうきうきとポスターを広げた。上司の許可を得て一枚頂戴してきた椎名貴博の販促ポスターだった。

「かっこいいなぁ」

眦《まなじり》の上がった涼しげな目元に、すっと通った鼻筋。笑んだ口元からこぼれる真珠のように真っ白な歯。とても生身の人間とは思えない美しさだと思う。こんなにかっこいいのに、バラエティ番組では下ネタを口にしたり、無邪気にボケて芸人に突っ込まれたりする。そのギャップがまたたまらない。

丁寧に反りを取ったポスターを、どこに貼ろうかわくわく悩んだ末、寝室のドアの横にした。同性のポスターをリビングに貼るというのは来客時に気恥ずかしい。万が一寝室に客が入ることがあっても、その場所ならドアを開けておけば隠れる。

もっとも家に客が来ることなど滅多《めった》にないし、ましてや寝室まで通すことなど絶対にないといってもいい。それでも性癖《せいへき》への後ろめたさから、過剰《かじょう》に慎重《しんちょう》になる。

公式プロフィールによれば、椎名貴博の身長は一八二センチで、玲より十センチほど高い。玲はメジャーを持ちだして、椎名の身長に合わせた位置にポスターを貼り、そのアンドロイドのように美しい顔をしげしげと眺めた。

恋に二の足を踏んでいる玲にとって、今一番の癒しは椎名貴博をうっとりと眺めて妄想《もうそう》に耽《ふけ》ることだった。

子役時代には海外の映画賞で最年少主演男優賞を受賞した経歴を持つ椎名だが、その後学業に専念するとかでしばらく芸能界から姿を消していた。活動を再開したのは、大学四年のときだった。

カリスマ子役だった当時とはうってかわった幅広《はばひろ》い活動ぶりに、最初は「俳優としては終わったから、なんでも屋になった」などと辛辣《しんらつ》な世評もあったが、そんな底意地の悪い反応を押しのけて、新生椎名貴博は幅広い世代の人気を博し、今ではテレビに欠かせない顔の一人になっている。子役時代をよく知らない玲にとっては、今の姿こそが正しい椎名貴博だった。

今年の恋人にしたい男ランキングでは、八位に食い込んでいた。一位二位ではなく八位というところが身近さを感じさせ、もしも椎名貴博が恋人だったら……などという妄想を容易《たやす》くさせる。実際はまったく手の届かない存在だとしても。

いや、もしかしたら手くらいは届くかもしれないぞと、冗談めかして考える。エッセイの発売に合わせて、池袋の書店で椎名貴博のサイン会が催《もよお》される予定で、玲と親しい先輩営業部員の山田《やまだ》が担当することになっている。件《くだん》の断り文句を教えてくれた先輩だ。

お願いすれば同行させてもらえて、運がよければ握手《あくしゅ》くらいしてもらえるかも。

もちろんすべては妄想に過ぎない。そもそもそんなことを頼む勇気がない。迂闊《うかつ》に男性タレントへの興味を示せば、ゲイだとばれる心配もある。ポスターをもらうのにも「妹がファンで」などという口実を使ったくらいだ。

玲自身、生身の椎名に会ってみたいなどと本気では思っていない。いざ目の前にしたら、緊張で呼吸困難に陥《おちい》ったり、失神したりするかもしれない。

妄想だから楽しいのだ。頭の中であれこれ想像するだけなら、傷つくこともないし、誰に迷惑をかけることもない。

椎名が出演したテレビ番組や雑誌を眺めながらあれこれ妄想に耽るのが、玲の密《ひそ》かな楽しみだった。すべての番組や雑誌を網羅《もうら》しているわけではないが、目についたものは買ったり録《と》ったりして楽しんでいる。

妄想の中で、玲は椎名とデートを重ね、キスをして、それ以上の関係も持った。そしてそんな妄想をおかずに、抜いたことも何度もある。トラウマ持ちとはいえ、肉体的には健全な二十七歳の男である。たまるものはたまる。

妄想とそれにまつわる行為は、玲にとって癒しであると同時に、虚《むな》しさと罪悪感がつきまとうものでもあった。本人に迷惑をかけていないとはいえ、やっぱり後ろめたい。そんな浅ましい人間だから『淫乱《いんらん》』だと罵《ののし》られるのだろう。

過去の出来事を思い出すと、ポスターを手に入れたわくわく感は、しゅうっとしぼんでいった。

玲はため息をついて、すでに冷めかけた弁当と、ぬるくなったビールの待つテーブルに向かった。

# 2

「五十嵐《いがらし》？　おーい五十嵐くん？　どうした？」

山田《やまだ》が、本と玲《れい》の間に無理矢理顔を割り込ませてくる。唇が触れあうほどの距離感にぎょっとして、玲は開いた本を山田の顎《あご》に叩きつけていた。

「痛っ！　なにしやがるんだよ！」

「山田さんこそ、何なんですか」

山田は二つ年上の営業部の先輩で、なかなかいい男だが、玲の好みのタイプではなく、恋愛対象として考えたことはない。うっかりキスをされるなどという事故はご免こうむりたい。

「何って、いくら声かけても反応がないし、挙句《あげく》に泣いてるし、どうしたのかと思うじゃん」

そう言われて初めて、玲は頰がすうすうすることに気付き、慌てて手の甲で涙のあとを拭《ぬぐ》った。

「す、すみません。なんか感動しちゃって」

玲は気恥ずかしさを覚えつつ、夢中で読み耽《ふけ》っていた本の背表紙を山田に向けて見せた。

椎名貴博《しいなたかひろ》の新刊見本だ。

「あ、それ、俺も読んだよ。想像以上に面白《おもしろ》かった」

「ね！　すごいですよね、椎名さんって！」

「確かにな。それ、ライター使ってないんだって？　文章的には拙《つたな》いところもあるけど、独特の表現力持ってるよな。ぱらっと見るつもりが、気が付いたら一気読みしてたよ」

「ですよね！　僕なんて、今、三周目なんです！　名作ですよね、これ！　絶対売れますよね！」

思わず立ち上がった椎名の熱意に気圧《けお》されたように、山田が数歩後ろに下がる。

「いや、確かに面白かったけど、どっちかっていえば軽くて笑える類《たぐい》のエッセイだろ。五十嵐が泣いてる理由がわかんないんだけど」

「え、泣けるところいっぱいあるじゃないですか！　ここも、ここも、こっちだって……」

付箋《ふせん》を貼りまくった本を、パラパラとめくってみせる。

「感じ方は人それぞれだからな。まあ、椎名貴博の本なら売れるだろう。最近世代や性別を超えて人気だしさ。だから初版だってうちとしては異例の三万部刷《す》ったんだし……ってなに、その不満げな顔」

「人気タレントの本だから売れるとか、そういうことじゃなくて、作者を知らずに読んでも、内容的にすごくいいと思うんです」

「やけに肩入れするじゃん。五十嵐って椎名ファンなんだっけ？」

山田に突っ込まれてドキリとなる。

「あ、いえ、別にファンとかじゃなくて、ただ妹が好きで、それにほら、なんといってもうちから出る本だから、思い入れはやっぱあるじゃないですか」

しどろもどろに返しながら、玲自身最初は椎名貴博の本だからうきうきと見本を心待ちにし、読み始めたのだ。こんなに素晴らしい作品だったなんて、嬉しい誤算だった。

「来週のサイン会で本人に会うから、後輩がいたく感動してたって伝えておくよ」

「サイン会、楽しみですね」

「まあね。美人女性作家なら、さらに楽しみなんだけどな」

いかにも山田らしい冗談だったが、椎名貴博に会える夢のような機会にそんな軽口を叩くなんて、神罰《しんばつ》が下ればいいのにと、玲は内心で突っ込みを入れてみた。


こんなことがあっていいのだろうか。この光景は本当に現実のものなのだろうか。

昼下がりの大型書店の一角に設《もう》けられたサイン会会場には各方面から贈られた花々が溢《あふ》れ、その中心で椎名貴博が花々もたじろぐような微笑を浮かべて、サインをしたためている。

山田への神罰を本気で念じたつもりはなかった。だが恐ろしいことに、昨夜山田が腹痛で救急搬送《はんそう》されてしまった。尿管結石《にょうかんけつせき》とのことで、明日には退院できるらしいが、とにもかくにもそんな事情で今日のサイン会は玲が代打でかりだされることとなった。

一般的な作家のサイン会だと、事前に作家と待ち合わせをして、軽くお茶や食事などをし、その後会場へという流れが多いが、椎名貴博はドラマの撮影現場から直接会場に現れた。すでに時間が押していたこともあり、即サイン会開始となって、列の整理を手伝っていた玲は挨拶《あいさつ》を交わすひまもなかった。

それでも、こうして生《なま》で実物を目にしているだけで、夢のようだった。

紺色のシャツに濃紺のジレ、ベージュの細身のチノを合わせたさりげないファッションが、まるで雑誌から抜け出してきたようにはまっている。ほんの数メートル先で、生身の椎名が動き、喋《しゃべ》り、笑っている。頭がふわふわして、なんともおかしな気分だった。

参加者は圧倒的に女性が多く、中には感激で泣きだす女の子もいた。一人一人にいちいち立ち上がって頭を下げ握手をする椎名の誠実そうな姿を見ていたら、感動で玲まで目頭《めがしら》が熱くなってきた。

サイン会は大盛況のうちに終了した。通常ならこのあと飲食の接待などがあるのだが、すぐにまた撮影現場に戻らなければならないらしい。マネージャーに伴《ともな》われてバックヤードに消えて行く椎名の背中を、玲は名残惜《なごりお》しく見送った。後ろ姿もかっこいい。立ち姿が美しくすらりと八頭身で、驚くほど手足が長い。とても同じ人類とは思えない。

生身の椎名の姿を、しっかりとまなうらに焼きつける。今夜は興奮で眠れないかもしれない。

「五十嵐くん、今日はお疲れさま」

文芸の編集長、大橋《おおはし》に声をかけられて、玲は慌てて緩《ゆる》んだ口元を引き締めた。

「あ、どうもお疲れさまです」

四十代半《なか》ばの大橋は、服装が自由な編集部内にあっていつも身ぎれいなトラッドスタイルを通している。部数決定会議の場を始めとしてなにかとやり合うことの多い編集と営業だが、玲は大橋の人柄《ひとがら》が好きだった。感情的に声を荒らげることなく、しかし揺るぎない信念を持っている。

「いい感じだね」

本を片手にそう言う大橋に、玲は勢いこんで頷いた。

「本当ですね。前から素敵な方だと思ってはいましたけど、実物は本当に感じのいい方ですよね。オーラがあるってああいうことを言うんだって、初めて実感しました。かっこいいですよねぇ」

玲の熱弁に、大橋はちょっとおかしそうに口の端をあげた。

「うん、確かに椎名くんはイケメンで、感じがいいよね。でも僕が言いたかったのは、この本の出来と売れ行きのことなんだけど」

とんだ勘違いに、カーッと顔に血がのぼる。

「す、すみません！　僕、ちょっと代打でテンパってて……」

「いやいや、その熱意で営業頑張ってよ」

汗をふきふき、ふとふんわり香るフレグランスに気付く。グレープフルーツにぴりりと緑の香りを混ぜ合わせたような、なんとも爽《さわ》やかでいい香りだった。大橋はいつも身ぎれいにしているが、清潔なヘアトニックの香りくらいしか感じたことはない。

「お話し中にすみません」

不意に通りのいい声がして、玲はぎょっと飛びのいた。

斜《なな》め後ろからすっと現れたいい匂いの主は、すでに撤収したとばかり思っていた椎名貴博その人だった。

「椎名くん、今日は忙しいところお世話になりました」

「いえ、こちらこそ。こんな機会を頂《いただ》けて光栄です」

度を失って立ったまま気絶しそうになっている玲の傍《かたわ》らで、椎名と大橋がにこやかに挨拶を交わす。

椎名は手にしていた紙袋から何やら取り出して、大橋に手渡した。

「これ、ファンクラブのプレゼント用に作ったグッズなんですけど、よかったら使ってください」

さっき奥に戻ったのは、それを取りにいくためだったらしい。見回せばスタッフはみんなそのグッズのパッケージを手にしていた。

「え、いいの？　娘が喜ぶよ」

「それじゃ娘さんと奥さんの分も」

紙袋に手を入れた拍子に、椎名の肘《ひじ》が軽く玲の腕をかすり、玲は本当に失神しそうになった。

生身の椎名に触ってしまった。どうしよう。

ひとしきり椎名と談笑した大橋がマネージャーと挨拶を交わし始めると、椎名はくるりと玲に向き直った。

体温を感じるほどの距離に、憧《あこが》れの芸能人が立っている。しかも、そのキラキラする瞳が玲のことを見つめている。心臓が止まってしまわないのが不思議なくらいだった。挨拶しなくてはと思うのに、口の中がパサパサに乾いて声が出ない。椎名の視線が玲の首から下がった社員証に止まった。

「ええと、五十嵐さん、今日は大変お世話になりました」

こんなことがあっていいのだろうか。椎名に面と向かって名前を呼ばれるなんてことが。

「とっ、とんでもないです！　こちらこそお忙しいなか本当にありがとうございます！」

慌てて返す声が無様に裏返り、さらなるパニックを呼ぶ。

「これ、よかったらどうぞ」

大橋にしたのと同じように、紙袋の中から取り出した小さな包みを、玲に手渡してくれる。

シルバーの指輪が嵌《は》まった指の、爪《つめ》の形まで美しい。いい匂いで、隅から隅までかっこよくて、キラキラして、一介《いっかい》のスタッフにまでこの気配り。なんて完璧《かんぺき》な人なのだろう。

それにひきかえ俺は……とパニクりながら自己嫌悪に陥《おちい》る。俺は先輩に神罰が下ればいいなんて願うような、最低な人間なんだ。別に本気で願ったわけじゃないけど、ちょっとは本気だったかもしれない。いや、俺の最低さはそんなもんじゃない。この美しい人をおかずにして何度も自慰《じい》行為に及ぶという冒瀆《ぼうとく》を働いた。最低とかいう次元じゃない。もはや犯罪ではないか。

「あ、あの、いつも本当にすみません！」

パニクりすぎて何がなんだかわからなくなり、気が付いたら深々と頭を下げて謝罪していた。

「え？　何のことですか？」

椎名が怪訝《けげん》そうに訊《き》き返《かえ》してくる。

「何って……」

答えかけて我に返る。うわー、バカバカ！　いつもおかずにしてますごめんなさい、ってマジで口にするところだったじゃないか！

自分が今どんな顔をしているのか想像するだけで恐ろしいと思いながら、玲は必死で話を逸《そ》らした。

「あの、椎名さんのご著作、拝読させていただきました。すごく面白かったです！」

「ありがとうございます」

椎名はいつもテレビで目にする感じのいい笑顔で笑った。その完璧な笑顔にときめきながら、なんともいえないもどかしさを覚える。自分の言葉が社交辞令に取られている気がしたのだ。

出版社の営業だから、読んでなくても「面白かった」くらいのお世辞は言うだろうという、

祝
椎名貴博

そういうのを内包したうえでの、社交辞令返しの「ありがとう」のように感じられた。

そうじゃないということを、どうしても伝えたかった。

「ホントに面白くて、何度も読み返しました。隅から隅まで全部よかったけど、中学校でハブにされた話は泣きました。あ、同情とかじゃなくて、自分のことみたいに共感して。僕はハブられるほどの存在感もなかったんですけど、椎名さんの言葉の選び方がすごくて、あの、教室で自分だけ見えないゼリーに圧迫されて窒息死《ちっそくし》しそうになるっていうところ、僕も経験あって、いや、教室じゃなかったんですけど、自分だけ異質っていう立場になったことがあるから、読んでいたら本当に窒息しそうになって……いや、でも、あの話のすごいところは、痛くてショックなことをテーマにしてるのに、随所《ずいしょ》に笑いがちりばめられているっていうか、基本コミカルなんですよね。あの話だけじゃなくて全部そうなんですけど、そこがとにかくすごいなって」

急にべらべら語りだした玲を、椎名がぽかんと見下ろしてくる。うわ、俺、何わけのわかんないこと言ってるんだよと焦《あせ》りつつ、パニクりすぎて口が止まらない。

「縁石《えんせき》から落ちたら死んじゃう設定の遊びもすごい共感しました。ああいう遊びっていうかルール？　子供の頃すっごく固執《こしつ》しましたよね。横断歩道の白いとこしか踏んじゃいけないとか、電信柱の間を、必ず偶数の歩数で歩くとか。そんなこと全部忘れてたけど、椎名さんのあのエッセイを読んだら一気になにもかも思い出したんです。友達と一緒に学校帰りに縁石の上を平均台みたいにして帰った日の草の匂いとか、汗でランドセルの背中が湿る感じとか、ランドセルの横にぶら下げてたお守りの鈴の音とか。あの話も、最後はホロッとしちゃいました。自宅まであと数十メートルのところで縁石が途切れて、家に帰れずに真っ暗になるまで縁石の上にいたっていうエピソード、おかしいけど切なくって。今思えば笑っちゃうけど、子供の頃ってそうだったなって。ほかにも好きなところがたくさんあって、海の浅瀬で溺《おぼ》れかけたときのリアルでコミカルな溺れ加減とか、憧《あこが》れの俳優さんと食事をしたときに緊張しすぎてそばをつゆじゃなくてそば茶につけて食べてて、しかも最後の一箸《はし》までそれに気付かなかった話とか、旅先であとをつけられて芸能人だってばれたかと思ったら指名手配犯と間違われただけだったっていうところの、セルフツッコミの絶妙さとか、もう秀逸《しゅういつ》すぎて、何度読んでも笑っちゃって……」

「すみません、そろそろ時間なので……」

遠慮がちに割り込んできた女性の声が、催眠術を解く呪文のように玲を我に返らせた。アラフォーと思《おぼ》しききりっとした女性は、玲のマネージャーらしい。

全身から一気に汗が噴きだした。

「す、すみません、お忙しいのにぺらぺらと無駄話を……」

「とんでもない。細かく読んでくださって、ありがとうございます」

椎名はさっきとは違うタイプの笑みを浮かべた。先程の笑みが社交辞令なら、今度のは呆《あき》れ笑いだろうか。

マネージャーに促《うなが》されて立ち去る椎名を見送りながら、玲は後悔で死んでしまいそうだった。絶対に気持ち悪がられた。こんなことなら社交辞令だと思われていた方がまだましだったのではないだろうか。

もういっそ、すべて夢だったらいいのに。

しかし手の中にあるビニールのパッケージが、すべてが現実であったことを物語っていた。よもや生身の椎名貴博と会話して、もらいものまでするなんて、想像したこともなかった。

上司の野村《のむら》課長にどやされるまで、玲はしばらく呆《ほう》けたように立ち尽くし、手の中の宝物を眺めていた。

## 3

「いつもお世話になります」

玲《れい》の受け持ち書店の文芸担当・星崎《ほしざき》は、玲が声をかけると生活実用書の担当者を探すように周囲に視線を巡《めぐ》らせた。

「吉野《よしの》はレジに入っていると思いますよ」

「そちらの用件は済みました。ちょっと星崎さんにお願いがあって」

森川《もりかわ》出版の主力は生活実用書なので、玲の営業もそこに力が注がれがちだが、森川は人員豊富な会社ではないためジャンルによる担当分けは行われていない。

「先日うちから出た椎名貴博《しいなたかひろ》の本なんですけど、文芸の棚にも置いて頂《いただ》くことはできませんか」

「椎名貴博ってタレントさんですよね。コーナーが違いますから」

「そこはわかってるんですけど、読み物として非常に面白《おもしろ》いので、芸能人・椎名貴博のファンだけじゃなくて、幅広い年代の方に手にとって頂きたいと思いまして」

四十代半《なか》ばの男性である星崎の反応はいまひとつだった。まさにそのあたりから上の男性読者がいちばん縁遠い類《たぐい》の本だというのはよくわかる。だからこそ、タレント本のコーナーのみでなく、文芸コーナーに並べて欲しいのだ。手にとってもらえさえすれば、その面白さは絶対にわかってもらえる。女性読者以上に男性読者のツボをつくエピソードが多い本なのだ。

懇意《こんい》の書店では文芸の平台《ひらだい》に並べてくれたところもあるが、星崎のように『所詮《しょせん》タレント本』という対応も少なくない。

とはいえ発売三週間の現在、売り上げは順調で、週末の会議で重版の決定が出そうな雰囲気《ふんいき》だった。今のところ購買層の大半が既存の椎名ファンだと思われるが、もっともっと多くの人に読んでもらいたくて、玲は張り切っていた。

サイン会の晩は、興奮と自己嫌悪で神経がびりびりして、一睡《いっすい》もできなかった。憧《あこが》れの椎名貴博と会って話すという幸運に恵まれながら、どうしてあんな最悪なテンパり方をしたのだろう。できることなら時間を巻き戻してやり直したい、いやいっそ一生本人に会ったりしない方がよかった。等々、毛布の中でグダグダと落ち込み続けた。

しかし落ち込み切って朝を迎えたら、冷静になっていた。玲の後悔など、結局ただの自意識過剰《かじょう》に過ぎない。玲にとっては大事件だったが、人気タレントにとっては、あの程度のファンの暑苦しさは日常茶飯事《さはんじ》で、きっとすでに玲の存在すら忘れているに違いない。

いずれにしろ、あんなふうに間近に接する機会はもうないだろう。万が一、今後またサイン会やイベントの機会があっても、営業での担当は無事復帰した山田《やまだ》が担《にな》うことになる。

一ファンとして、いい夢をみせてもらった、そう考えることにした。

あの日、椎名からもらったグッズは、椎名をキャラクター化したストラップで、パッケージの説明によると『うれしいなくん』『おいしいなくん』など七種類のタイプがあるらしい。中身は開けてのお楽しみとのことだが、もったいないので未開封のまま大事に自宅の机に飾ってある。

毎朝その包みを見るたびに、生身の椎名の神々《こうごう》しさや気さくな笑顔を思い出し、一日頑張るエネルギーをもらっている。

夕刻、会社に戻ってホワイトボードの『外回り』の文字を消していると、営業課長の野村《のむら》にポンと肩を叩かれた。

「五十嵐《いがらし》、今晩空《あ》いてるか？」

「あ、はい」

私生活が枯れ果てているので、だいたいいつでも空いている。

「急だけど、椎名貴博の出版祝いの食事会やるから、おまえも参加な」

「え？」

玲はぎょっとして固まった。もう二度と会うこともないと思っていた矢先に、まさかの事態である。賑《にぎ》やかし要員なのはわかっているが、恥の上塗《うわぬ》りは避けたい。

「あの、すみません、やっぱり今日はちょっと予定が……」

「じゃ、そっちは断れ。椎名さんも社長も、今日なら都合がいいって言ってるんだから」

社長主催なのかと、さらに緊張する。出版不況で採用が控《ひか》えられ、五年目でも営業では一番下っ端《ぱ》の玲にとって、社長など滅多《めった》に口をきく機会もない存在である。さすがにこれは逃げ切れないとビビる玲に、野村の一言が追い打ちをかけた。

「おまえはご指名だしな」

「は？」

誰の？　と訊《き》き返《かえ》す前に野村の携帯が鳴りだし、玲は半口を開けたまま置き去りにされた。

指名？　誰から？　社長や専務から名指ししてもらうほど覚えはめでたくない。ということは大橋《おおはし》編集長だろうか。そうだ、恐らくそうに違いない。イレギュラーでサイン会の手伝いに参加した玲を労《ねぎら》って祝いの席に招くという、大橋の気遣《きづか》いなのだ。

その気遣いが今は重荷だった。椎名の前でKYな熱弁をふるったことを思い出すと、全身から汗が噴き出す。もう二度と椎名の視界に入りたくない。

だが仕事であれば逃げ出すわけにもいかない。玲はホワイトボードの前でがっくりとうなだれた。


欧風懐石店の貸し切りの和室の末席で、玲は緊張の汗をかいていた。社長と専務、役員二人、編集部から三人、営業から二人。主賓《しゅひん》の椎名を含めて十人ほどの顔ぶれだった。

十人というのはなかなか微妙な規模である。端と端に離れていても、椎名との距離はそう遠くない。なけなしの存在感をさらに消して、空気と同化するよう努める。酌《しゃく》に回るような飲み会でないのは幸いだった。

隣が社長、向かいが専務という、玲だったら緊張で胃がおかしくなりそうな席で、椎名は落ち着いた笑顔で会話を楽しんでいる。確か玲より二つ年下の二十五歳だったと思うが、少年のような人懐っこさと落ちついた大人っぽさを巧《たく》みに使い分け、離れた席にいてもその雰囲気《ふんいき》にひきこまれる魅力がある。子役からの芸歴の長さが、年代を超えて人を引き付ける巧みな話術を鍛《きた》えたのだろうか。

椎名は今日は白いVネックのTシャツにグレーのデニム、鮮やかなブルーのニットという格好だった。何を着せてもかっこいい。

食事会はつつがなく進んだ。料理も酒もおいしく、椎名も上役たちも楽しそうだ。玲はバラエティ番組のADよろしく上座の会話に愛想笑いを添える以外は、極力静かに座っていた。

腰が引けていた席だが、こうして同席すればやはり椎名に魅了されてしまう。これはこれで役得だったかもしれない。このまま無事お開きになったら、今日の椎名のかっこよさをゆっくり思い出していい夢が見られそうだ。

そのためにもナマ椎名の姿をしっかり脳裏に焼き付けておかねばと、そっと盗み見た瞬間、ふと目が合ってしまった。手のひらからどっと汗が滲《にじ》み、玲は慌てて視線を伏せ、口直しの白ワインのシャーベットをさくさくかき混ぜた。

視界の端で椎名が腰を浮かすのが見えた。

「すみません、お行儀悪いんですけど、この辺で席替えさせてもらってもいいですか？　いろんな方とお話ししたいので」

玲は思わずぎょっとする。一介《いっかい》のサラリーマンからしたら、社長の前で席替えを言い出すなんてありえない。

しかしもちろん椎名は森川の社員ではなくスターであり本日の主賓であり、上役たちはすでに彼の人柄《ひとがら》にすっかり魅了されている。その無邪気な提案さえも、「わはは」と笑顔で歓迎された。

椎名はワイングラスだけ持って、末席へと移動してきた。ハンカチ落としの鬼を待つようなドキドキ感だった。どうか自分の背後にハンカチを落とされませんようにという願いも虚《むな》しく、椎名は角を挟《はさ》んで玲と隣り合う、いわゆる「お誕生席」に腰を据《す》えた。覚えのある爽《さわ》やかなフレグランスがふわっと香る。

「五十嵐さん、こんにちは。この間はお世話になりました」

椎名の方から挨拶《あいさつ》されて、縮《ちぢ》みあがる。覚えられている。しかも名前まで。

「あ、いえ、あの、お疲れさまでした。先日は本当に申し訳ありませんでした」

玲が詫《わ》びると、椎名は不思議そうな顔になった。

「え、なにがですか?」

「お忙しいところを、くだらない話でお引き止めしてしまって、あの、お仕事遅れませんでしたか?」

「くだらないなんて、とんでもない。感想をたくさん聞かせて頂いて、すごく嬉しかったですよ」

優しい笑みで見つめられ、だらだらと汗が流れる。うろたえるあまり、肉料理に合わせて用意された赤ワインを、思わず一気飲みしてしまった。

「あ、いい飲みっぷり。何か頼みましょうか」

断るより早く、椎名は社長に声をかけていた。

「すみません、飲み物追加オーダーしてもいいですか？」

「もちろんどうぞ。若い人たちで好きなものを頼んでくださいよ」

社長は上機嫌で専務や役員たちと先頃の人間ドックの結果で盛り上がっている。

「五十嵐さん、焼酎《しょうちゅう》とビールどっちがいいですか？」

フレンチとはいえ、箸《はし》で食べる気楽なスタイルで、アルコールも各種用意されている。

「いえ、僕は。椎名さんのお好きなものをどうぞ」

自分は飲まないというつもりで言ったのだが、

「じゃ、五十嵐さんは俺と一緒にビールね。皆さん、何がいいですか？」

椎名はまるで自分が一番下っ端とでもいうようなマメさと気さくさで皆の好みを聞いてオーダーしてくれた。

「この間はバタバタしてゆっくりお話できなかったから、今日は五十嵐さんに会えるのを楽しみにやってきました」

にこやかに思いもよらないことを言われて、玲は火を噴きそうになった。

「めっ、滅相《めっそう》もないことでございます」

「おいおい、時代劇か？」

緊張のあまりおかしな受け答えになっているのを向かいの席の大橋に茶化されて、もはや火だるま級のほてり具合だった。

ひどく喉が渇《かわ》いて、運ばれてきたばかりの生ビールをごくりと呷《あお》る。

目に見えてうろたえている玲に、椎名は楽しそうな視線を送ってくる。

「この間、五十嵐さんに本のことを褒《ほ》めてもらえてすごく嬉しくって。文章を書くのなんてど素人《しろうと》だし、大丈夫かなって内心はらはらしてたから」

「すっごく面白かったです！」

「ありがとうございます。一人でもそう言ってくれる人がいると安心するな」

「一人だなんて。売れ行きもとても順調ですし、ファンの方からも感想の手紙が殺到してるんじゃないですか」

「手紙なんて滅多にもらいませんよ」

椎名が言うと、大橋が「タレントさんでもそうなんだね」と苦笑いした。

「ネットの時代になってから、手紙って激減したよね。昔は段ボール箱でファンレターを転送してたようなミリオン作家でも、今はパラパラって感じだし。ファンとの交流はブログとかツイッター？」

「いや、俺どっちもやってないんで」

「読書サイトにたくさん感想があがってますよ。ご覧になりましたか？」

編集部の若手が言うと、椎名は苦笑いでかぶりを振った。

「ネットはなるべく見ないようにしてるんです。悪口言われまくりだから。隠し子がいるとか、クスリやってるとか、あることないこと書かれたりして、見てきたみたいにリアルに書いてあるから、自分でも信じそうになっちゃうんですよね」

椎名がさらっと冗談を言い、みんな笑ったが、玲には笑えなかった。

確かに誰に限らずタレントを検索《けんさく》すると、興味本位のゴシップや誹謗《ひぼう》中傷などが無数にヒットする。

こんなにかっこよくて性格が良くて文才があって、何ひとつ欠点が見当たらないのに悪く言われてしまうなんて理不尽だ。いや、欠点が見当たらないからこそ妬《ねた》み嫉《そね》みを買うのだろうか。

それにしたって有名人というだけで不特定多数の人から心ない言葉をぶつけられるなんてひどすぎる。玲はたった一人からぶつけられた言葉だけでもあんなに傷ついたのに。

胸に痛みが蘇《よみがえ》り、じわっと目元が熱くなった。

みんなと笑っていた椎名の目が、ふと玲の顔で止まった。

「五十嵐さん？　どうしたんですか？」

「そんなろくでもない誹謗中傷なんて気にしないでください！　椎名さんは誰よりかっこよくて、気さくで親切で、文才もあって、すっごい人なんですから！」

玲の力説に、一瞬座がしんとなった。

「熱烈だな、五十嵐くん」

大橋に茶化されて、はっと我に返る。

しまった。俺はなにを言ってるんだと、俄《にわ》かに顔が熱くなる。

「大丈夫、悪口言われるのは慣れてますから」

椎名は意にも介さぬ様子で飄々《ひょうひょう》と笑う。そりゃそうだ。相手は芸歴が人生の半分を超える人気芸能人なのだ。妬み嫉みなど慣れっこで、その何十倍もの称賛を浴びて光り輝いている男だ。一介の出版社の営業ごときが、何を真剣に励《はげ》ましてるんだよ、恥ずかしい。

いたたまれずにまたビールを呷る。そんな玲をにこにこ見ながら椎名は言った。

「でも嬉しいです、そんなふうに言ってもらえて」

芸能人のオーラたるや半端ではなかった。体温を感じるほど近くで雑誌のグラビアみたいな笑顔で微笑《ほほえ》まれたらもうたまらない。

もじもじとドキドキとそわそわが入り混じって、もはやどうしていいのかわからず、ただビールを飲んでごまかすしかない。

「営業のホープの五十嵐くんも大プッシュしてくれているようだし、二冊目もやってみない?」

満更冗談《まんざら》でもなさそうに言う大橋に、椎名は苦笑した。

「あれだけダメ出ししておいて、二冊目なんてよく言いますよ」

「ダメ出しじゃないよ。文章的に伝わりづらいかなってところを、ほんの少し直してもらっただけだって」

「ほんの百箇所くらいね」

「そんなにあったかなぁ。いや、気を悪くしてたらごめんね。この際だからより良いものにしたいと思ってね」

「もちろん感謝してますよ。でも俺の作文能力は思い知ったでしょ？　二冊目なんてありえないです」

「いやいや。文章力なんてどうとでもなるもんだよ。作家に大切なのはそういうことじゃないんだ。ほら、シンガーだって、単に歌が巧《うま》けりゃ売れるってもんじゃないだろ？　多少音程が外れていても人の心を打つ歌い手はたくさんいる」

「うーん、なんだろう。褒められてる気がしないな」

かなり懇意《こんい》らしい大橋と椎名のコミカルなやりとりに、周囲からくすくすと笑いが起こる。

「それは困った。五十嵐くん、フォローして。僕の代わりに褒めてやってよ」

「え？　いえ、あの、えと、椎名さんはパーフェクトです！」

「また随分《ずいぶん》ざっくりだな」

大橋にさらに笑われてしまったが、椎名は呆《あき》れるでもなく調子を合わせてくれる。

「ありがとうございます。五十嵐さんはホントに優しいですね。さすが営業だけあって、褒め上手《じょうず》だし」

「全然上手に褒められてないし、しかも営業トークのお世辞とかじゃないです！　椎名さんの本、心底面白かったし、こうしてお会いして人柄もすばらしいなって、あの、本当に感服してます」

多分、営業トークならば玲だってもうちょっと上手《うま》く喋《しゃべ》れるのだ。なまじ本音なだけに、気恥ずかしくて妙にベタな表現になってしまう。

憧《あこが》れの人の隣に陣取《じんど》るという夢のようなひとときだったが、嬉しさを緊張が凌駕《りょうが》して、暑くもない室内でだらだらと汗が吹き出してくる。体温を下げようとつい冷たいビールに手が伸びるが、もちろんそれは逆効果で、身体はますますほてっていく。あっという間にグラスは空《から》になり、椎名がさりげなくおかわりを頼んでくれた。

「最近、どんな本が売れてるんですか？」

玲の尋常《じんじょう》でない緊張感は、明らかに椎名にも伝わっているようだ。大橋との気さくな会話の合間に、営業向きの世間話を玲にも振って、緊張をほぐそうとしてくれる。

しかし極度のドキドキで、玲の頭からは売れ筋本のデータなど吹っ飛んでしまっていた。

「あ、あの、売れているのは、椎名さんの本です！　僕、三冊買いました。愛読用と、予備と、保存用に！」

「五十嵐くんには売れまくってるな、確かに」

大橋に爆笑しながら突っ込まれ、俺は何を言っているのだと更なる冷や汗が吹き出す。しかしテンパればテンパるほど口が止まらなくなるのは、サイン会のときと同様だった。

「あ……す、すみません、あの、でも、本当に売れてます！　本当に面白いです！　あれからまた十回くらい読んだんですけど、あの、独特の擬音《ぎおん》表現もすごくツボって、一四八ページの、八行目からの、起きてから寝るまでの様子をすべて擬音で表現してみたっていうところ、笑っちゃうのに景色が見えるっていうか、何度読んでも面白くて」

だらだらと汗を流しながら滔々《とうとう》とまくしたてる玲を、椎名はあっけに取られたように半口開けて見ていた。そんな油断した表情さえかっこよくてくらくらする。

わー、もう俺めっちゃ気味悪い人になってる。熱心な営業を通り越して変質者になってるよ絶対。

しかし会話が途切れる瞬間が怖くて、玲はそのままさらに五分ほど椎名の本の感想を微に入り細《さい》を穿《うが》ちまくしたてた。

椎名は「ありがとう」と微笑んでくれたが、内心どん引いていることは明らかだと思った。二度にわたって同じテンパり芸を披露《ひろう》するはめになろうとは。もはやどうしていいのかわからない。

「す、すみません、僕、あの、ちょっとトイレに……」

居たたまれずに席を立つ。

いや、立とうとしたのだが、興奮しすぎてすっかり酔《よ》いが回ってしまい、足元がふらついた。

すかさず椎名が中腰になって手を貸してくれた。

「大丈夫ですか?」

「す、すみません」

「酔っちゃいました?」

「いえ、あの、あ、足がしびれて……」

苦しい言い訳をこじつける。

社長や役員のいる接待の席で、一番若造の玲が足元も危ういほど酔ってしまったなんて、バレたら大目玉だ。重役の方をちらちらと窺《うかが》って心の中では青ざめつつ、しかし顔はきっと真っ赤に違いない。

まずい。どうしよう。おろおろする玲の横で、椎名が急に腹を押さえて身体を丸めた。

「イタタタ……」

玲は仰天《ぎょうてん》して、一瞬自分の酔いを忘れた。

「ど、どうしたんですか?」

「なんだか急に胃が……」

スターの体調不良に、周囲がにわかに色めき立つ。

「椎名くん、大丈夫?」

「救急車呼びますか?」

「そんな大袈裟《おおげさ》なことじゃないです。持病の胃痛で、時々あるんです」

そう言いつつも、椎名の端整な顔は苦痛にゆがんでいた。

「折角《せっかく》の楽しい席に中座するのは申し訳ないんですけど、ひどくならないうちに失礼させてもらってもいいですか」

「もちろんだよ。大丈夫？　今タクシー呼んでもらうから」

大橋が指示を出し、重役たちも心配げに腰を浮かせる。

ふらついたときに支えてくれた椎名の手は、そのままずっと成り行きで玲の腕をつかんでいた。店員にタクシーの到着を告げられて椎名が席を立つと、玲も自然と付き添う形になる。

「送っていくよ」

ジャケットを手に近付いてきた大橋を、椎名が制した。

「五十嵐さんに送ってもらってもいいですか」

ご指名にややびびりつつも、今日はマネージャーも同席していないし、一番若くて、今たまたますがりつかれた体勢になっている玲がゲストを送って行くのは自然の流れとも思えた。

椎名は苦痛をこらえつつ、社長や重役たちに挨拶をし、「目立ちますから」と見送りを固辞して、玲の腕を支えに店を出た。正直、玲も足元が危うく、どちらが支えられているのかわからないような状態だった。

ドアに近い席の方が乗り降りが楽だろうと、玲が先に奥の席に納まった。運転手が行き先を訊《たず》ねてきたとき、まだ椎名は半身を車内に入れたところだったので聞こえなかったらしく、返事をしなかった。玲は確認のために椎名に行き先を訊ねようとして、ふと不安になった。

もしかして聞こえなかったのではなく、聞こえないふりをしたのではないだろうかと、酔った頭ににわかに妄想《もうそう》が渦巻《うずま》く。有名人の椎名にとって、タクシーの運転手に自宅の場所を特定されるのはいやなのかもしれない。

いや、そうじゃない。知られたくないのは運転手じゃなくて、俺じゃないか？

椎名は玲の粘着質な言動に恐れをなして、個人情報を教えたくないのではないだろうか。

「どちらに行きましょう？」

再度運転手が訊ねてくる。玲は焦《あせ》って運転席と椎名を交互に見やり、両手を耳に当てた。

「あの、耳を塞《ふさ》いでますから、どうぞ」

椎名と運転手の双方が「え？」と怪訝《けげん》そうな声を出す。自分の行動の意味が通じていないらしいことにさらに焦って、玲は酔った脳味噌をフル回転させた。

「あ、あの、じゃ」

うろたえながら告げたのは、玲の自宅の場所だった。椎名が言いたくない以上玲が行き先を決めねばならず、咄嗟《とっさ》に出てきたのが自分のマンションだった。

走りだしたタクシーの中で、玲は椎名に小声で囁《ささや》いた。

「すみません、僕のマンション近いんで、よかったら休んでいってください。胃薬も各種そろってますし……」

そこでまたはたと我に返る。自宅を知られたくないと思っている相手の家に行くなんて、更にぞっとすることじゃないだろうか。

「す、すみません、まったく他意はないんですけど、気持ち悪すぎですよね。ごめんなさい、あの、そしたら、僕が先に降りるんで、椎名さんは心おきなく運転手さんに行き先を言って……」

提案しかけるも、それは本末転倒だろうと気付く。体調の悪い椎名を送り届けるのが玲の使命なのに、先に降りたのでは何の意味もない。そもそも、それなら最初から椎名一人でタクシーに乗った方が遠回りせずに早く帰れたではないか。

「あの、あの、やっぱり僕が耳を塞いでるんで、行き先言ってください！」

椎名は珍獣でも見るような目で玲をしばし見つめたあと、ぷっと噴き出した。

「五十嵐さん、相当酔っ払ってますね」

「いえ、あの、」

「ごめんなさい、五十嵐さんの言動の意味が全然わかんないんですけど、お家にお邪魔させてもらっていいなら、喜んで」

どうやらあれもこれも杞憂《きゆう》だったらしいと気付いてほっとしたものの、それはそれで自分の突拍子もない被害妄想の数々が恥ずかしくなる。

「す、すみません、本当に。お腹、大丈夫ですか」

「なんとか」

運転手の目もあり、それ以上の立ち入った会話はないまま、タクシーは玲のマンションについた。

「大丈夫ですか？　よかったらつかまってください」

椎名に腕を貸してみせるも、やはり明らかに玲の方が足元があぶなっかしかった。

「うわ、きれいですね」

男二人で立つには狭《せま》すぎる玄関に足を踏み入れるなり、椎名が言った。

特に趣味もない玲は、休日は掃除や整理整頓《せいとん》をして過ごすことが多く、そのつまらない時間つぶしがこんなときには役に立った。急な来客でも困らない程度に、部屋は常に片付いている。

しかしスターの神々しい輝きの前では、築十二年のマンションの一室は薄暗くしみったれて見えた。

なにぶん一人暮らしの狭い部屋である。体調の悪い椎名に休んでもらおうにも、リビングの一人掛けのソファでは無理がある。

「よかったら、寝室で休んでください」

玲は椎名を寝室に通した。

「すごい。どこも整然としてますね」

「ものが少ないだけです」

ひまにあかしてなんでも収納してしまうので、寝室にはベッドとデスクしかない。シーツは今朝《けさ》交換したばかりだし、布団も毎週干しているので、質素でも不潔でないことだけは自負できる。

「俺より五十嵐さんが休んでください。顔、真っ赤ですよ」

玲は両頬に手を当てた。おたふくかぜかと思うほどほてっている。

「酒、弱いんですね。無理にすすめちゃってすみません」

「そ、そんな、とんでもない」

玲が勝手に緊張して、勝手に飲みすぎただけのことだ。

「あの、胃薬とってきますね。粉末と錠剤《じょうざい》とどっちがいいですか？」

「お構いなく」

椎名はベッドに腰をおろして、楽しげに足をぶらぶらさせた。先程までの苦痛の表情が嘘のようにリラックスして、顔色もいい。

「胃、もう大丈夫ですか？」

玲の問いには直接答えず、椎名はにこっとした。

「偉い大人のみなさんとのごはんって、肩こっちゃいますよね」

「……それってまさかの仮病ですか？　あんなに苦しそうだったのに」

「ありがとうございます。一応演じる仕事なので」

玲は思わず呆れてしまう。社長の前で仮病を使って退席するなんて。

無言で固まった玲に責められていると思ったのか、椎名は長い脚をぶらぶらさせながら上目《うわめ》遣《づか》いに玲を見上げてくる。かっこいい男は、甘えた表情もぐっとくる。

「怒ってます？　でも、あの席で五十嵐さんがふらふらに酔っているのがバレたらまずいのかなって」

玲はさらに固まる。

ということは、あの胃痛は玲のための演技だったということか？

「す、すみません、あの、なにからなにまで……」

「そうやっていちいち恐縮しないでください。五十嵐さんとは歳も近いし、仲良くなれたらなって思ってるんです。ご迷惑でなければですけど」

「ご、ご迷惑だなんて、そんな、そんな、椎名さんこそ、住所を知られたくないほど僕を恐れているのに、そんなお気遣《きづか》いしていただかなくて大丈夫ですから！」

「は？　恐れる？」

椎名が怪訝そうに眉間《みけん》にしわを寄せる。しまった、それは勝手な脳内設定だった。

「あ、いえ、なんでもないです！　忘れてください！」

思わずハンドパワーで催眠術をかけるような動きをしてしまうと、椎名はまた噴き出した。

「面白いなぁ、五十嵐さん。初対面のときから愉快《ゆかい》な人だなって思ってたんです。今日も会えたらいいなと思って、大橋さんにお願いしておいたんですけど」

世界がぐるぐる回る。玲の参加要請《ようせい》は、まさかの椎名指名だったらしい。

「愉快だなんて、何かの勘違いです。僕なんて超つまんなくて、森川出版の残念枠《わく》採用っていわれてるくらいで」

「なんですか、残念枠って。五十嵐さんはとても魅力的ですよ」

「ど、どこがですか」

もちろんそれは問いかけではなく、「どこがだよ」というツッコミにすぎなかったが、椎名は人を食ったような笑顔で答える。

「どこって、まず見た目が好みだなぁって。あ、そういうの軽薄だと思います？　でも今まで友達になった相手も、だいたい初対面でぱっと見のフィーリングが合うなって思った奴《ヤツ》ばっかだし」

見た目で選ぶのが軽薄だなんてとんでもない。玲は会ったこともない頃から椎名の見た目が大好きで、勝手に夜のお伴《とも》にさせていただいていたくらいなのだ。しかしどう考えても玲は見た目で友達にしてもらえるタイプではない。

「ちょっとキョドった感じも面白いなって。正直、営業の人にしてはもの慣れない雰囲気だと思ったんですけど、大橋さん情報によれば、入社試験の筆記でトップだったっていうじゃないですか。そういうの、なんかギャップ萌えですよね」

「いえ、あの、たまたま記憶力がちょっといいってだけです」

「ああ、それで俺の本の内容も細かく覚えていてくれたんですね」

「あれは好きすぎて、あの、いや、好きすぎてっていうのはもちろん本のことですからっ！」

誤解を恐れて、いや、真実が露呈《ろてい》するのを恐れて、必要以上に力説してしまう。その様子に椎名はまた声をあげて笑う。

ふと、椎名も案外酔っているらしいと気付く。投げ出した手足も、笑い声も、いつもより気楽な感じで、芸能人のオーラがいい感じに薄まっている。

笑いながらのけぞった椎名の視線が、ふとデスクの上に止まった。

椎名の視線を辿《たど》ると、そこにサイン会のときにもらったストラップが未開封のまま恭《うやうや》しく飾られていた。

「あ、パッケージのまま放置プレイだ。やっぱタレントの安っぽいグッズなんてダサいですか？」

「そんな、とんでもない！　もったいなくて開けられずに、袋のまま飾ってるんです」

大真面目に答える玲に、椎名が笑う。

「なにそれ。使わなくちゃ意味ないじゃん」

そう言って、無造作に開封し、袋をデスクの下のゴミ箱に放りこんだ。

「あ、『むなしいな』くんだ」

椎名がマスコットをつまんでみせる。七種類ある中から、「うれしいなくん」でも「たのしいなくん」でもなく「むなしいなくん」が当たるなんて俺らしい。っていうかそれどころじゃないし！

「なにするんですかっ！」

玲は床に這《は》いつくばってデスクの下に顔を突っ込み、ゴミ箱からパッケージをつまみだした。

「ひどいです。せっかく大事にとっておいたのに！」

宝物を勝手に開封されたことに涙ぐみそうな勢いで憤《いきどお》り、パッケージのしわを必死でのばす。よく考えてみれば当の本人を相手にそんなことで憤慨《ふんがい》するのもズレた話だ。そんなこともよくわからなくなる程度には酔っ払っていた。

玲の形相《ぎょうそう》に気圧《けお》されたように、椎名はストラップをそっとデスクに置いた。

「ごめんなさい、そんなに大切にしてくれてたなんて知らなくて。じゃ、お詫《わ》びに何かもっとレアなものを……」

椎名はパタパタとポケットを探ったあと、ふと気付いたように右手の薬指に嵌めていた指輪を抜き取ってテーブルに置いた。

「これ、よかったらどうぞ」

玲はあっけに取られて指輪と椎名を見比べた。もしかしたら自分よりも椎名の方が酔っているのではないだろうか。

「ま、まさか、そんな、いただけません」

「なんでですか。欲がないなぁ。そんなあなたには、金の斧《おの》と銀の斧も差し上げないと」

椎名はさらに脇に置いてあったライダースジャケットを玲の肩に羽織らせた。革《かわ》の匂いに椎名のフレグランスがふわっと混じって、胸がドキドキする。

「な、なにを……」

「それ、サイズぴたぴたのやつを選んだから、五十嵐さんでもちょうどいいと思います」

それにしても涼しい顔してどんだけ酔っ払ってるんだよと呆れつつ、玲はとりあえずジャケットをそっとベッドの上に置いた。

「胃痛が大丈夫なら、酔い覚ましにコーヒーでも淹《い》れてきますね」

言い置いて寝室を出る。後ろ手にドアを閉めて、ほーっと息を吐いた。

あっという間にすぐに沸《わ》くというフレーズでお馴染みの電気ポットで湯を沸かしながら、椎名の突拍子もない言動のあれこれを思い出し、ドキドキしつつもおかしくなって一人でこっそり笑ってしまう。金の斧と銀の斧ってなんだよ。あんなにかっこいいのに、酔っ払っていると子供みたいで面白い。

なんだか気持ちがふわふわして、自分の部屋で椎名にコーヒーを淹れているという不思議な出来事が夢の中のように感じられた。

小さなダイニングテーブルにコーヒーを置いて、寝室の椎名を呼びに行く。行くといってもほんの三歩の距離である。

ドアを開けると、椎名が世にも楽しそうな顔でにこにこしていた。

「こっちでコーヒーどうぞ」

「ありがとうございます。ねえ、五十嵐さん、今フリーですか？」

唐突な問いに、玲はメガネの奥の目をぱちくりさせた。

「あ……えっと、はい」

「じゃ、俺とおつきあいしていただけませんか？」

度を越した冗談に、もしコーヒーを持っていたら絶対落としていたと思う。

かっこいい顔して、マジでどんだけ酔っ払ってるんだよと、ちょっと呆れてしまう。

「やだなぁ、椎名さん。男同士で何言ってるんですか」

笑ってみせると、椎名も笑い返してきた。

「やだなぁ、五十嵐さん。男同士もイケる口でしょ」

そう言って、ベッドパッドの下から夜のお伴のあやしい雑誌をひっぱりだした。

玲の顔からざっと血の気が引いていく。最近椎名のことで頭がいっぱいでその雑誌とはご無沙汰《ぶさた》していたため、そんなところに隠していたことなどすっかり忘れていた。

「そ、それは、あの、出版社の営業としては、やはりあらゆる刊行物に目を通しておかないと思って、あの、あの」

我ながらど見苦しい言い訳だ。案の定《じょう》椎名は笑っている。

「俺はタイプじゃないですか?」

「そっ、そんなことないです!」

「ですよね」

にこにこ言う椎名に、ちょっとひく。なんなんだ、その揺るぎない自信は。人気タレントの自分を嫌いな人間などいるはずないって? いや、しかしたった二度会っただけでも、椎名がそんな傲慢《ごうまん》なキャラでないのは明らかだ。ということは、玲の言動から恋心がダダもれているということか? 確かにさっきから俺は挙動不審すぎるかも、と、激しく不安になる。

椎名はベッドから立ち上がり、ドアのところまでやってきた。コーヒーを飲みにリビングに出てくるのかと思いきや、玲の手を引いて寝室に引っ張り込み、ドアを閉めた。

いきなり何をっ! と心臓が口から飛び出しそうになる。そんな玲をにこにこ見ながら、椎名はドアの横のポスターを指さした。

「きれいに貼ってもらえて嬉しいです」

「え……っ!」

心臓だけでなく、目玉も飛び出しそうになる。用心に用心を重ねて、人を入れることなどほぼない寝室の、しかもドアの陰に貼ったのに、さっき動揺のあまり外からドアを閉めてしまった。

ベッドの下からゲイ雑誌。壁には椎名のポスター。誰がどう見てもクロだろう。

人気俳優が書き下
初エッセイ集！

「あ、あの、あの、」

動揺で口の中がぱさぱさになる。どうしよう。椎名は顔は笑っているけれど実は怒っているのかもしれない。自著を上梓《じょうし》した出版社の営業から仕事の域《いき》を超えた執着を持たれていると知って、不快感からこんなたちの悪いからかい方をしているのではないだろうか。

玲は竦《すく》み上《あ》がって平身低頭した。

「ご、ごめんなさい！」

「え、即答でお断りですか？　ちょっと傷つくなぁ」

落胆《らくたん》も露《あら》わな声で頓珍漢《とんちんかん》な返しをされて「は？」となる。

混乱した頭で会話をくるくる巻き戻し、もしや今の「ごめんなさい」を「おつきあい」の返事にとられたのではないかと気付いて、ぎょっとする。

「ちちちち違いますっ！　あの、俺なんかが、いや、僕なんかがファンでごめんなさいっていう意味です！」

玲の動揺ぶりに椎名はぽかんとなった。

「五十嵐さんって時々意味わかんないですよね。そういうところが面白かわいくて好きだけど」

「すっ、あの、あの、」

「心配しないでください。いきなりこんなことをしようなんて言わないから」

エロ本のあられもないページをバーンと広げて見せられて、玲は赤面して縮《ちぢ》みあがった。

「ひっ、や、あの、」

「さっきも言ったように、まずはお友達から。どうですか？」

これはいったい何の罠《わな》だ？　玲は納得のいくオチを探して、意味もなく視線をさ迷わせた。

「あの、その、俺……僕は、その、意味が全然わからないです。椎名さんの前で、引かれることはたくさんしましたけど、好意を持って頂けるようなことは、何ひとつ、あの、あの、」

一気に酔いがさめたような、あるいは逆にものすごく泥酔《でいすい》しているような、不思議な現実感のなさで、玲は作りもののように美しい男の顔を見上げる。

椎名はくすっと笑った。

「とりあえずコーヒーを飲んで、落ち着いて話しましょう」

椎名は自ら閉めたドアを開け、玲をリビングに促した。

ローテーブルの角を挟《はさ》んで床に直座《じかずわ》りして、ひとまずコーヒーを飲む。寝室でごたごたしている間に、コーヒーはぬるくなっていた。

「さめちゃいましたね。淹れ直してきます」

「いや、猫舌なんでちょうどいいです」

椎名の答えにキュンとなる。こんなに完璧《かんぺき》にかっこいいのに猫舌！

……いや、キュンとしてる場合じゃない。

玲がコーヒーを半分ほど飲んだところで、椎名が口を開いた。

「好意を持たれるようなことは何もしてないって言うけど、俺の文章を褒めてくれたじゃないですか」

「そ、そんな。あの本を面白いって思った人は、万単位で存在しますから」

「万かどうかはわからないけど、確かに面白かったって言ってくれた人はいます。でも、五十嵐さんみたいに具体的に細かく感想を聞かせてくれた人は初めてです」

「それはだって、仮《かり》にも椎名さんのご著作を出版させて頂いている会社の社員ですし」

自分の感想を椎名が喜んでくれたのなら、諸手《もろて》をあげて嬉しがっていいはずなのに、玲はビビるばかりだった。自分のような人間が、椎名に好意を寄せてもらうなんてありえないし、そんな夢みたいなことは望んでいない。ただ遠くから見ているだけでよかった。いや、だけがよかった。

「出版社の方だからって、皆さんがあんな細かい感想を言ってくれるわけじゃないでしょう」

「そうですけど、みんな、出版社の人間にしろファンにしろ、直接著者の方に感想を伝えられる機会なんてそうそうあることじゃなくて、僕はそのチャンスに恵まれて、たまたまとても幸運だったたってことだけです」

椎名は美しい口元にパン屋の粗品でもらったマグカップを添えながら、魅惑的に微笑んだ。

「褒められて有頂天《うちょうてん》になってるとか、そういう意味じゃないんです。五十嵐さんがよかったって言って具体的に挙げてくれたところ、全部俺が書いたところだったから、それがすっごく嬉しかったんです」

天真爛漫《てんしんらんまん》な椎名の言い分に、まさかのゴーストライター説が脳裏を過《よぎ》りぎょっとする。

玲の表情を見て、椎名は苦笑いでかぶりを振った。

「いや、全部自分で書いた原稿ではあるんだけど、文章を書くことに関してはど素人《しろうと》だから、さっき大橋さんとも話した通り山ほど校閲《こうえつ》が入って、相当直したんです」

直しが入るのは、椎名に限ったことではない。ベテランでも、ゲラが真っ赤になるほど校閲が入る作家もいる。

「でも、日本語としては微妙でも、ここはどうしてもこの言い回しにしたいって思ったところは、無理言ってそのままにしてもらったんです。五十嵐さんが褒めてくれたのは、ほぼすべてそういう未修正の箇所だったんですよ」

「そうなんですか?」

「もちろん褒められたこと自体嬉しかったけど、なにより、すげーフィーリングが合う人だなって、感動したんです。ほら、さっき言った通り初対面で見た目も好みだなって思ってたし、そのうえ感覚も合うなんて、これはもう、運命でしょ?」

「運命……」

「ですよ。しかも五十嵐さんはゲイで、寝室に俺のポスターまで貼ってくれているっていう、こんな夢みたいなことってあっていいんですかね」

玲は動揺でコーヒーをだらだら膝にこぼしてしまった。

「大丈夫ですか?」

椎名はティッシュを抜き取って、玲の膝のコーヒーを拭《ふ》きとるために身を乗り出した。椎名の後頭部が目の前にくる。つむじの形まで美しい、と見惚《みと》れていたら、ふと椎名が顔をあげ、思いがけない近距離で目が合ってしまった。

「五十嵐さん」

「は、はいっ」

「つきあってもらえますか?」

間近で再度たたみかけられ、もはやその場で失神しそうだった。

見つめ合うこと数秒。緊張に耐えかねて玲が口を開こうとしたとき、椎名の携帯が振動音を響かせた。画面を覗きこんで、椎名が「ヤベ」と子供のように舌を出す。

「マネージャーです。ちょっとすみません」

玲に断りを入れて、椎名は電話を受けた。何やら叱《しか》られているらしいやりとりのあと、椎名は苦笑いを浮かべて玲を見た。

「ここの場所、教えてもいいですか?」

「あ、もちろん」

椎名はマンションの番地を伝えて、通話を終えた。

「明日のロケが早いので、迎えに来るそうです。大橋さんが念のためにってマネージャーに連絡入れたみたい」

不満そうに口を尖《とが》らせる顔は、かっこいいのにかわいらしかった。

電話で空気が変わり、椎名はそれ以上のダメ押しはしてこなかった。かわりにアドレス交換をねだられた。コーヒーのおかわりを淹れて、それを飲み終える頃には早々と迎えが着いたとの連絡が入り、

「ごちそうさまでした。今日は楽しかったです」

椎名は爽《さわ》やかな挨拶を残して、部屋を出て行った。

玲はしばらく玄関の前で固まっていた。今の一連の出来事は本当のことだろうか。椎名貴博が玲の部屋に来て、玲のベッドに座り、玲のカップでコーヒーを飲んで、しかも玲に交際を申し込んできた。

きっと夢だ。夢でもいい。いや、夢の方がいい。夢なら何度でも取り出して、誰に迷惑をかけることもなく楽しめる。そう、今のは夢。夢、夢、夢。

酔っているので風呂は明日の朝にして、ひとまずベッドに入って夢の続きに戻ろう。

ふわふわした足取りで寝室に行き、ベッドの前でふたたび固まった。

椎名の指輪と上着が置き去りにされている。

もちろん夢ではなかったのだ。どうしよう、これ！

慌てて携帯を引っ張り出してみたが、明日早いと言っていたのに、今から引き返してきてもらうわけにもいかない。

玲は指輪を拾い上げ、悪事を働くみたいな後ろめたさにかられながら、そっと左手の薬指に嵌めてみたが、ぶかぶかだった。あらためて中指に嵌めると、しっくりとおさまった。ベッドに腰をおろして、しげしげと似合わない指輪を見つめ、その持ち主に想いを馳《は》せた。案外おっちょこちょいだったり、面白かったり、猫舌だったり、椎名は見かけによらないおかしな男だ。だがそんなところにまたキュンとする。

それにしても玲とつきあいたいなんて、なんの冗談だろう。

嬉しさよりも当惑が勝った。やっぱりからかわれているとしか思えない。いっそそっちの方がいい。万が一にも本気だったりしたら困る。憧れの人だからこそ困る。恋をするなら片思いがいい。憧れの人と恋愛なんて無理無理無理無理。

だって『淫乱《いんらん》』だという事実がバレたら、嫌われるに決まっている。

玲は切ないため息をついて、ベッドの上でごろごろと身悶《みもだ》えた。

真面目で気の小さい玲は、ゲイという自分の性指向に気付いた中学生の頃から、そのことに気おくれを覚えていた。同性に欲情するということが、ひどく不道徳でいけないことに思えた。

好きな相手ができても、告白なんて絶対にできなかった。

初めて恋人ができたのは、社会人になって二年目だった。当時担当していたチェーン書店の店長だったひとまわり年上の男に告白された。

同じ性指向の同性からの告白は初めてだった。栗原《くりはら》というその男は、バイトや書店員の評判もいい、笑顔がチャーミングな男前で、告白されてから徐々に意識するようになった。

はじまりは純粋な恋心ではなく、打算だったかもしれない。栗原に惹《ひ》かれたというより、一生恋愛などできないと思っていた自分を好きだと言ってくれる相手が現れたという状況にときめいた。性的マイノリティーである自分に好意を寄せてくれる同じ指向の相手など、もう二度と現れないかもしれないという焦りもあった。

不純なようだが、それは馴れ初めとしては案外ありきたりなことかもしれない。結婚しているカップルの何割が、純粋に惚《ほ》れた腫《は》れたの感情のみでゴールしているだろう。打算や妥協《だきょう》、計算がゼロのカップルを探す方が難しいはずだ。

発端はそうでも、つきあい始めてからは玲は栗原を大切に想い、生まれて初めての恋愛に胸をときめかせた。

ずれが生じ始めたのは、つきあい出してから二ヵ月ほどが過ぎ、遠慮がなくなってきた頃だった。

栗原は当初からＥＤ気味だった。性欲はあるが機能不全なタイプだった。玲は『恋人』という気の置けない存在がただ嬉しくて、気持ちさえ繋《つな》がっていればセックスレスでも構わなかったが、栗原は執拗《しつよう》に玲を求めてきた。

挑んでくる栗原はいつも中途半端に終わり、一方玲は触られれば素直に反応して感じた。

栗原に初めて『淫乱』と言われた時の衝撃を、今もまざまざと思い出せる。同性に欲情する自分をずっと後ろめたく思っていた玲にとって、吐き捨てるように言われたその単語にこもった侮蔑《ぶべつ》のニュアンスはクリーンヒットした。

温和で優しかった栗原は、それ以降セックスの度《たび》に豹変《ひょうへん》し、玲を淫乱と罵《ののし》った。

ちょっと触っただけでおっ勃《た》ててんじゃねーよ。

一人で漏らしてみっともない。

あられもない声で喘《あえ》ぎやがって。

汚い言葉で蔑《さげす》まれるのはひどく惨《みじ》めで悲しかったが、反論できなかった。抱《かか》えてきた後ろめたさから、きっと栗原の言う通り自分は淫乱なのだと思った。

おどおどした玲に引き比べ、栗原は人好きのする男で人望も厚かった。その栗原の言うことが間違っているはずがなかった。

自分のような淫乱とつきあってくれるのは栗原だけに違いないから、ひどい言葉を浴びせられても我慢した。

通常のセックスでは機能しづらい栗原は、やがて玲との情事にあれこれと道具を持ちだすようになった。毒々しいピンク色のローソクや、手錠《てじょう》や、モーターで振動する卑猥《ひわい》な形をした器具などだ。

正直言って嫌だった。玲は肌と肌が触れ合うスキンシップを望んでおり、無機質な道具でいたぶられることなど本意ではなかった。しかし気持ちではそう思っても、感じやすい器官にローターをあてがわれたりすれば、身体は否応《いやおう》なしに反応してしまう。そしてそんな玲を栗原は『変態』と蔑んだ。

今にして思えば、栗原はEDのストレスを玲をいたぶることで発散しようとしていたのかもしれない。あるいは心底S気質だったのかもしれない。

だが、その最中にいた玲には、栗原の屈辱的《くつじょくてき》な言動の数々はすべて自分に原因があるからだと思えた。玲の中では性的興奮＝悪という揺るぎない図式ができあがっていた。

あやうく心を病みかけたとき、たまたま仕事がらみでDVに関する本を読み、その被害者の心理が自分とそっくりで驚いた。

このままでは自分も栗原もだめになる。そう思って、玲の方から距離を置いた。別れはすんなりとはいかなかったが、栗原がチェーンの他県の店舗《てんぽ》に転勤になったことにより二人の関係は終焉《しゅうえん》を迎えた。

『おまえみたいな淫乱は、俺と別れたら二度と満足させてくれる相手と巡り合えないんだからな』

最後に浴びせられた捨て台詞は、呪いのように玲を縛《しば》り付《つ》けていた。

あれから三年。玲はもう生身の人間とつきあうのはこりごりだと思っていた。

ここにきて、憧れのスターから告白されるなんて、これもある種の呪いだろうか。

うっかりつきあったら、玲が淫乱だということはすぐに椎名にばれてしまうだろう。栗原から向けられたような侮蔑の視線を椎名に向けられたら、もう生きてはいけない。

玲はじっと中指の指輪を見つめた。

ありえない。怖い。夢の方がいい。

本気でそう思いながら、しかし心の奥底ではときめいている自分もいた。栗原とのときには、向こうから告白されて意識するようになったけれど、自分の方から好きになった相手に好きだと言ってもらえたのは、生まれて初めての経験だった。

これもある種身分違いの恋なのだろうか？　うまくいくはずなどないとわかっている。それでも玲の胸はそわそわと躍《おど》るのだった。

## 4

職場の隣のカフェに到着すると、椎名《しいな》はすでに来ていた。窓際の席に座って文庫本をめくっている。少し離れた席の二人組の女性客は椎名の正体に気付いているようで、目を輝かせてヒソヒソ話をしながら椎名の方をチラ見している。

席に近づくのを躊躇《ためら》ってしまう。自分なんかのせいで、椎名に醜聞《しゅうぶん》がもちあがったらどうしよう。

いっそすっぽかしてしまおうかと衝動的に考えたとき、椎名の方が玲《れい》に気付いて笑顔で右手をあげた。

玲は覚悟を決めて椎名の席に向かった。

「急に誘っちゃったけど、仕事、大丈夫でしたか？」

「ちょうどあがるところだったので」

玲はぎくしゃくと椎名の向かいの席に腰をおろした。食事会から三日ほどたった今日、椎名から携帯に電話がかかってきた。夕方用事で大橋《おおはし》のところに寄るので、そのあと映画に行かないかという誘いだった。

カフェで待ち合わせをして映画。まるでつきあい始めたばかりのカップルのデートコースのようではないか。……実際そうなのだろうか？

椎名はにこにこしながら玲を見て言った。

「いつも思うんですけど、五十嵐《いがらし》さん、スーツ似合いますよね」

「こ、こんなの、量販店の替えズボンつきの一番安いスーツです！」

言わなくてもいいようなことをムキになって言うと、椎名は愉快《ゆかい》そうに笑った。

「値段なんて関係ないですよ。似合うものは似合うんだから」

そう言う椎名は、Tシャツにジーンズというういつものカジュアルな格好だが、玲のスーツよりもずっと高価であろうことは想像に難《かた》くなかった。

服の話題を振られて、ふと思い出す。

「すみません、今日お会いできるとは思わなかったので、忘れもののジャケットと指輪、持って来てないんです」

「あれは忘れものじゃなくて、お詫《わ》びに差し上げたんです。新品じゃなくて申し訳ないけど」

「新品じゃないから価値があるんですっ！」

またムキになって力説してしまって、はっと赤面する。椎名はぷっと噴き出した。

「ホント楽しいなぁ、五十嵐さん。そうだ、次に会う時はあれ着てきてよ」

話していると、ウエイトレスが注文を取りに来た。軽く腹ごしらえしようと椎名に提案され、サンドウィッチとコーヒーを頼む。

ウエイトレスの後ろ姿を見送りながら、彼女も向こうの二人組の女性同様、当然椎名に気付いているだろうなと思う。

自分たちはどういう関係に見えるのだろう。怪しまれたら椎名の人気にも差し障《さわ》るのではないかと思わず身を縮《ちぢ》めてしまう。

「男同士って……」

そんな玲の心中を見抜いたように、椎名が口を開いた。

椎名もやはり男同士は悪目立ちすると思ったのだろうと身構えたが、

「男同士って便利ですね。こうやって堂々と会ってても全然怪しまれないし」

あっけらかんとそう言って笑った。

そんなポジティブな考え方をしたことがなかったので、玲は一瞬啞然《あぜん》とした。

言われてみれば確かにそうだ。出版社に隣接したカフェで、社名入りの封筒を鞄《かばん》からはみ出させたスーツ姿の男と男性タレントが会っていても、誰もおかしな方向に邪推《じゃすい》したりしないだろう。そもそも自分のような地味で冴えないサラリーマンが椎名との関係を怪しまれると考えること自体、自意識過剰《かじょう》だ。

「どうしました?」

ぽかんとしている玲に椎名が怪訝《けげん》そうに問いかけてくる。

「いえ、あの、この前椎名さんにフィーリングが合うって言ってもらったけど、椎名さんと僕とじゃ全然性格が違うなと思って」

「そうですか?」

「ええ。僕はすごくネガティブなんですけど、椎名さんはとてもポジティブな感じがします」

「じゃ、ちょうどいいですね。二人ともネガだったらどんよりしちゃうし、逆に二人ともポジだったらうかれてとんだ失敗をやらかしそうじゃないですか」

玲は思わず笑ってしまった。

「ほら、そういうところがすごくポジティブ。僕は、明るい椎名さんと陰気な僕とじゃ合わないんじゃないかってマイナス方向に思っちゃいます」

椎名はふっと笑って、テーブルの上に身を乗り出してきた。

「ダメですよ、そんなこと言ってさり気なくフェードアウトしようとしても。五十嵐さんはもう俺のものなんだから」

じわっと頰が熱くなる。こんなかっこいい顔で『俺のもの』なんて言われたら、腰が抜ける。立っていたらやばかった。

「フェードアウトなんて、そんな……。あの、誘っていただけて、とても嬉しかったです」

蚊の鳴くような声で、勇気を出して本心を伝える。

「ホント？　無理矢理つきあわされて腰が引けてたらどうしようって、実はちょっと心配してたんだ」

目をきらきらさせながらそう言って、「あ」と椎名はいたずらっぽい表情になった。

「俺も結構ネガティブじゃん。気が合いますね」

玲もつられて笑ってしまった。

話しているうちに、肩の力が抜けていった。クラブハウスサンドとＢＬＴサンドを半分ずつ分け合って食べながら椎名が読んでいた文庫本の話をして、夜の街を一駅分ぶらぶら歩いて映画館に行った。

会うまではひどく緊張していたのに、いざ一緒に歩いてみたらすごく楽しくて、時のたつのを忘れた。なんといってもずっと憧れていた相手なのだ。

椎名の事務所の先輩が主演を務めるコメディ映画はとても面白《おもしろ》かった。時々椎名が先輩の台詞《セリフ》合わせにつきあった裏話などを耳打ちしてくれて、余計に楽しさが増した。

二人とも翌日仕事なので、映画のあとはそのまま駅に向かった。

「送りますよ」

椎名は当たり前のように言って、玲の乗る電車のホームについてきた。男の身で、そんな気遣いを受けるのはなんとも気恥ずかしくむず痒《がゆ》い。栗原《くりはら》とつきあっていたときだって、送るとか送られるとかしたことはなかった。

「いえ、あの、送っていただくような立場じゃないし、椎名さんもお仕事でお疲れでしょう」

「わかってないなぁ。送るなんて口実です。少しでも長く一緒にいたいってことですよ」

人気俳優にドラマのような台詞を囁《ささや》かれて、くらくらしてしまう。

「じゃ、あの、僕がお送りします！　椎名さんのお家はどっち方面ですか？」

「それじゃ、次は五十嵐さんが送ってください。っていうかうちに遊びに来て。すげー散らかってるけど」

にこにこ言って、ちょうど滑《すべ》り込《こ》んできた電車に玲を促《うなが》す。

座席はほぼ満席だった。椎名と二人ドアの前に立つ。ガラスに映る椎名と自分の姿を見て、胸がそわそわした。

「……あの、電車なんか乗って大丈夫なんですか？」

列車の走る音にかき消されそうな小声で玲が訊《たず》ねると、椎名は「え、どういう意味？」と不思議そうに訊《き》き返《かえ》してきた。

「芸能人の皆さんって、公共交通機関は使わないんじゃないですか」

「やだなー、そんなの都市伝説ですよ。電車もバスも大好きです」

「でも、人目を引いて大変じゃないですか」

「全然。誰も気付きませんよ」

あっけらかんと言われて、顎《あご》が落ちそうになる。玲は、声を荒らげて囁くという難しい芸にチャレンジした。

「気付いてますよ！　さっきのカフェでも、映画館でも、今だって、みんな明らかに気付いてます!!」

首筋がチリチリするくらい周囲の視線を感じるのに、椎名は「そうですか？」などとのんきに笑っている。見かけによらない天然ぶりに驚いたが、考えてみれば物心ついたときから芸能界にいる男だ。人の視線になど慣れっこなのかもしれない。

椎名のふるまいが自然すぎることが逆にバリヤーになっているのか、人目を引きながらも、声をかけられたりしないのは不思議だった。

駅からマンションまで、静かな夜道を、映画の感想を話しながら歩いた。細かな小ネタの笑いのツボがかぶっていて、なんだか嬉しくなる。

話しているうちに、ふと椎名の視線の高さがいつもと違うことに気付く。いつのまにか玲は浮かれて縁石《えんせき》の上を歩いていた。

「わ、すみません。まるで酔っ払いですね」

下りようとすると、椎名に両手で押しとどめられた。

「いいじゃないですか。誰もいないんだし」

そう言って、からかう顔になる。

「でも、なんだか慣れた歩きっぷりですね。実はいつもやってるんじゃないですか」

「実は椎名さんの本を読んでから時々……」

正直に白状すると、椎名は爆笑した。

「ホント、気が合うなぁ。じゃ、五十嵐さんのうちまで競走しようよ」

一方通行の狭い道を渡り、椎名は反対の路肩の縁石に乗った。

「よーい、ドン!」

子供っぽい掛け声に背中を押されて、縁石の上を駆けだす。スーツに革靴で、いい歳をした大人が何をやっているんだと無性におかしくて、笑いがとまらなくなってしまう。勝負はすぐについた。T字路に差し掛かったところで玲の側の縁石が途切れたのだ。

「どうしよう。帰れない」

エッセイを思い出してぼやいてみせると、椎名は向かいの縁石から笑いながら降りてきた。

「大丈夫、あっちに飛び移ればいいんです」

「無理ですって。何メートルあると思ってるんですか」

「飛べますよ、ほら」

椎名はさり気なく玲の左手をつかんだ。

「せーの」

掛け声と共に手を引かれ、ふわっと身体が宙を跳ぶ。そして玲は、向かいの縁石の遥《はる》か手前に着地した。

「だせー」

「だから無理だって言ったじゃないですか」

言い合いながら、二人でしばらく笑ってしまった。師走《しわす》を目前にして空気はしんしんと冷え込んでいたが、笑いすぎて汗が滲《にじ》んでくる。

再び歩き出したとき、まだ手をつかまれたままだと気付いたが、椎名が何ごともなかったように話しかけてくるので、玲もそのままぎくしゃく歩いた。マンションの手前まで来ると人目が気になり、玲の方から名残惜《なごりお》しくその手をほどいた。

「今日は楽しかったです」

はにかみながらお礼を言うと、椎名も微笑《ほほえ》みを返してくれた。

「俺もです。こういう仕事で色々不規則だけど、また誘わせてくださいね」

そう言って、椎名はずいっと一歩詰めてきた。

「ねえ、五十嵐さん。正式な返事を聞いてなかったけど、俺たちつきあうってことでOKですよね？」

正面切って確認されて、思わずたじろぐ。

「え、あの、その、椎名さんが、本当に僕なんかでいいなら、あの、」

「なんか、とか言わない。五十嵐さんがいいから、コクったんです。俺は五十嵐さんの気持ちが知りたいんです」

ときめきながら椎名を見つめる。ずっと憧れていた。でも、ただ崇拝《すうはい》するだけのアイドルじゃない。その自然体の姿を知って、もっとずっと一緒にいられたらと強く思った。

「あの、僕は、僕も、っていうか僕こそ、椎名さんのことが好きで、あのずっと好きでしたけど、今夜もっと好きになりました」

わー、言っちゃった！　と耳たぶが火を噴きそうに熱くなる。

椎名はただでさえキラキラした表情を余計にキラキラさせた。

「嬉しいな。じゃ、俺たち恋人同士だから、今から敬語やめましょうよ」

「え、でも」

「でもじゃないよ。今後はタメ口で。って年下の俺が偉《えら》そうに表明するのもアレだけど」

「年とか関係なく、椎名さんは、」

「その苗字にさんづけが堅苦《かたくる》しいよね。恋人なんだから、名前で呼ぼうよ。俺のファーストネーム知ってる？」

知っているに決まってる。玲はがくがく頷いた。

「じゃ、呼んでみて」

「え、無理」

「無理じゃないよ。はい、せーの」

「本当に無理です！」

玲が頑なに固辞すると、椎名は苦笑いした。

「じゃ、苗字でいいから、呼び捨てね」

「無理です、神を呼び捨てとか」

「神ってなんだよ。面白すぎ。じゃ、せめて『くん』で。それ以上の妥協《だきょう》は無理だよ」

期待の目で見つめられて、玲は今度こそ失敗しないようにと舌先で唇を湿《しめ》らせた。

「ええと、椎名くん」

「ちゃんとできるじゃん、玲さん」

さらりと名前を呼ばれ、陶然となる。すごい。本当に恋人同士みたいだ。というかそもそもファーストネームを知っていてくれたことに感動する。

「あ、ありがとうございます」

芸を褒められた犬みたいにわふわふ言ったら、椎名はちょっと意地の悪い笑みを返してきた。

「敬語禁止って言ったじゃん。ペナルティはキスにしよう」

「え？」

いきなり顔が近付いてくる。身構える間もなく、チュッと軽く唇を奪われた。

「ひゃっ……!!」

ぐるぐると世界が回る。椎名にキスされた！　人影は見当たらないとはいえ、公道のど真ん中で！

「今後敬語を使ったら、俺にキスされたがってるって思うから。わかった？」

「わ、わかりまし……じゃなくて、わかった！」

椎名はまたくすくす笑う。

「じゃあね。おやすみなさい」

玲がマンションの玄関に入るのを見届けて、椎名は縁石の上を軽快に駆けて行った。

# 5

「かっこいいよなぁ、やっぱり」

定食屋のテレビに映《うつ》った椎名貴博《しいなたかひろ》の姿を見て、山田《やまだ》がしみじみ言った。

山田が担当したポップに間違いが見つかり、今日はその直しの手伝いで残業になった。お詫《わ》びにおごるからと、連れてこられた店だった。

そんな場所で偶然椎名の出演している番組を目にするなんて、やっぱり運命だろうか、などと恋愛ボケ気味なことを考えてみる。もちろん、そんなはずはない。売れっ子だけに椎名は露《ろ》出《しゅつ》も多い。

鯖味噌《さばみそ》定食を肴《さかな》にビールを飲みながら、山田は行儀悪く箸《はし》で画面を指す。

「本物はどんな感じなんだよ。二回も会ってるんだろう？」

正確には先週の映画デートを入れて三回だ。しかも現在交際中で、毎日メールのやりとりをする関係なのだ。……などとはもちろん言えるはずもなく、玲《れい》は曖昧《あいまい》な笑みを浮かべた。

「かっこよかったですよ。テレビで見たまんまです」

奇《く》しくも放映中の番組は人気トークバラエティ『おネエの部屋』だった。三人の人気おネエタレントがその日のゲストの素顔を丸裸にするという趣向だ。

『椎名くん、なんかすっごいいい匂《にお》いするぅ』

『ホント、いい男よねぇ。フェロモンむんむん』

『食べちゃいたいわぁ』

おネエたちの発言に客席から失笑が起こる。

「おネエタレントって、なんでみんなこういう押せ押せキャラなんだろうな」

山田のツッコミにドキッとなる。

「そういう立ち位置を求められてるんでしょうね。大変ですよね、それも」

苦笑いでさらっと答えつつ、内心では迷惑な話だと思ってしまう。この手の演出のせいで、ゲイというのは男と見れば見境なく興奮してさかっているという誤解を招きはしないかと、いつも落ち着かない気分になる。

一方で、妙な後ろ暗さも感じてしまう。椎名がいい匂いだというのは、玲も最初に感じたことだった。おネエさんたちの言動を不愉快《ふゆかい》に思うのは、つまりは同族嫌悪に違いない。玲には『淫乱《いんらん》』と呼ばれた過去があるくらいだ。

おネエさんたちにベタベタ触られている椎名にハラハラしながら、玲はこっそりため息をついた。

椎名は玲のことをどんなふうに思って好きになってくれたのだろう。玲があのおネエさんたちと同じものだということを、ちゃんと理解しているのだろうか。

ぼーっとテレビの画面を見ていたら、テーブルの上の山田の携帯がメールの受信を告げて振動した。メールを読んだ山田はにやにや笑いを浮かべて早速返信にとりかかる。

「紗江《さえ》さんですか？」

からかい気味に訊《たず》ねると、山田は「まあね」とすまして言う。なんだかんだいって、山田と今の彼女とは随分《ずいぶん》長い。玲が新人のころからのつきあいだから、もう五年近くになるはずだ。

「長続きする秘訣《ひけつ》ってなんですか？」

好奇心と切実な願望をまぜこぜにして訊ねてみる。山田はディスプレイから視線をあげた。

「なに、どうしたの？　彼女でもできた？」

「いや、後学のために……」

「んー、あんまベタベタしないことかな」

「え、ベタベタしてないんですか？」

「だってもう五年目だよ？　お互い空気みたいなものだよ。紗江の部屋に泊まっても、なんもしない日の方が多いし」

「それは枯れ過ぎじゃないですか」

「普通だよ。そんなやりまくってたらお互いすぐに飽《あ》きちゃうだろう。俺だって来年は三十だし、ガツガツやるよりはまったりしてる方が癒《いや》されるよ」

そう言いつついそいそと恋人のメールに返信しているのだから、半分は照れ隠しなのだろう。

だが長続きしている男の言葉には重みがあった。

玲は自分の唯一《ゆいいつ》の恋愛を振り返る。一年も続かなかった栗原《くりはら》との仲は、確かに山田の言うまったりとした穏やかさとは程遠いものだった。会えば必ず身体を求められ、行為は徐々にエスカレートし、ひどい言葉を投げつけられた。

テレビ画面の中では、椎名がおネエの一人から好きなタイプを訊《き》かれているところだった。

『古風で純情なタイプかな』という椎名の答えに、おネエが『つまり私たちのことね』と絡み、また笑いが起こる。台本にのっとった進行なのだろうが、腹の底がぎゅっとなる。

自分の見た目が今風でなくおとなしめなことは自覚している。だから見た目だけなら、椎名の言うタイプの範疇《はんちゅう》に入るかもしれない。

でも本当は淫乱なのだと知ったら、椎名は興《きょう》ざめするだろう。いかがわしい玩具《おもちゃ》で弄《もてあそ》ばれて感じたことがあるなどと知ったら、絶対嫌われる。

そうでなくても、長続きするはずはない関係なのだ。相手は人気タレントだ。何の気まぐれか玲のことを気に入ってくれたのは本当のようだが、このことが椎名の事務所や玲の職場にばれたら当然いい顔はされない。世間に露呈《ろてい》する前に別れさせられるだろう。

それならせめてそうなるまで、あるいは椎名に飽きられるまでは、夢を見させて欲しい。それが一ヵ月か、半年か、一年かはわからないけれど、その間だけ、椎名好みのタイプを演じていたい。

「そういえばさ、栗原さんって覚えてる？　蓬屋《よもぎや》書店の元店長」

　唐突に山田の口から栗原の名前が出て、心臓がひやりとした。

「あ、はい。山田さんから引き継いだの、僕ですから。水戸《みと》に転勤されたんですよね」

「そうそう。それがこの間ばったり会ってさ。水戸の店舗《てんぽ》が撤退《てったい》することになって、北千住《きたせんじゅ》店に異動になるんだって。俺の営業先だから、今度飲みに行きましょうって話になったんだ。五十嵐は元気かって訊かれたから、相変わらずキョドってますって言っておいたよ」

　山田のからかいに、玲は平静を装って笑顔を取り繕《つくろ》う。

「……栗原さんはお元気でしたか」

「うん。相変わらずいい男で、アラフォーには見えない若々しさだったよ」

　栗原とのことを思い出すと、胸に苦いものがこみあげてくる。だが、もう終わったことだ。東京に戻って来るとはいえ、玲の担当エリア外だ。顔を合わせることもないだろう。

　栗原とうまくいかなかったのは、玲が淫乱だったからだ。同じ失敗は絶対にしたくなかった。椎名の前では、「古風で純情」な恋人でいたかった。


　二度目のデートの誘いがあったのは、それから数日後の日曜だった。昼下がり、洗濯物を取り込んでいたら、椎名から電話が入り、あと二時間ほどで身体が空《あ》くとのことで、テレビ局の近くのカフェで待ち合わせをした。

薄曇《うすぐも》りの肌寒い日だった。散々悩んだ末、シャツの上に玲にもらったライダースジャケットを羽織って出かけることにした。指輪はさすがに身につけるのが躊躇《ためら》われて、そっとポケットに忍ばせた。

今回は玲の方が先に待ち合わせ場所に着いた。時間つぶしにタブレットで読書をしようと思ったけれど、そわそわして文字がまったく頭に入ってこない。

椎名が店に到着したことは気配ですぐにわかった。いつになくキラキラした芸能人オーラを撒《ま》き散《ち》らしているせいで、やたらと周囲の目を引いている。店内にいた客は恐らく全員椎名に気付いたに違いない。

「ごめん、二十分も遅刻した！」

「全然。僕も今さっき来たところです」

本当は約束の時間の三十分も前に来たのに大ウソをついてしまう。椎名はふっといたずらっぽい表情になった。

「敬語。ペナルティひとつね」

「え？　あ、すみません」

「また。これで二つ」

無邪気に笑う椎名に、周囲から無数の視線が注がれている。

その姿を間近にして、キラキラがオーラなどという曖昧なものではないことがわかった。もちろんオーラも大いにあるが、流れるようにふんわりと自然に、それでいて風が吹いても微動だにしないほどかっちりとセットされた髪に、キラキラ光るワックスがついている。よく見れば、メイクも施《ほどこ》されている。

玲の視線に気付いたらしく、椎名は苦笑いを浮かべた。

「メイク落としてると更《さら》に待たせちゃうと思って」

「そんなの、気にしないでください」

「あ、三つ目」

くすくす笑う椎名の背後に、高校生くらいの女の子がそっと寄ってきた。

「あの、椎名さんですよね」

目を輝かせて、ひどく緊張した様子で声をかけてくる。椎名が振り返ると、女の子は泣きださんばかりの顔になった。

「大好きです！　大ファンです！　ファンクラブにも入ってます！」

女の子が震える手で取り出した携帯には、たのしいなくんがぶらさがっていた。

「わ、嬉しいな。ありがとう」

「あの、握手してもらえますか」

「喜んで」

椎名はカーゴパンツの腿《もも》でごしごしと手を清め、両手で女の子の華奢《きゃしゃ》な手を握り締めた。

「嬉しー！　どうしよう！」

「俺も嬉しー！　どうしよう！」

女の子を真似て足をじたばたさせてみせる椎名に、周囲から小さな笑いが起こる。

それを皮切りに、我も我もとプチ握手会状態になってしまう。有名人なんだよなと、当たり前のことをしみじみ再認識する。

十人ほどと握手したあと、椎名は「ごめん、出よう」と玲に小声で囁《ささや》き、席を立った。あまり騒ぎになるようなら間に入ろうという様子で見守っていた店長と思《おぼ》しき男性に、「お騒がせしてすみません」と丁寧に頭を下げ、玲を促《うなが》して夕刻の通りへと飛び出す。タクシーを止めて玲を奥に押し込み、素早く自分も乗り込んだ。

「ごめんね。普段はまったく平気なんだけど、テレビ仕様のままだとどうしても目立っちゃって」

苦笑いで玲に詫《わ》び、運転手に青山《あおやま》の番地を告げる。

「外でごはんしようと思ったけど、落ち着かないからとりあえずうちでメイク落としてもいい？」

玲はふるふる頷いた。椎名の自宅にお邪魔するなんて、ドキドキの展開だ。

椎名の住まいは、厳重《げんじゅう》なセキュリティに守られた、まさに人気芸能人にふさわしい高級感溢《あふ》れるマンションだった。改めて立場の違いを思い知らされる。

「すごい……」

お洒落《しゃれ》な玄関扉の前で玲が思わず嘆息すると、「ね、すごいよね」と椎名が他人事《ひとごと》のように笑った。

「うちの事務所、基本的にはプライベートは自由なんだけど、住む場所だけはうるさくて。前に先輩がストーカー被害に遭《あ》ったことがあって、こういうところにしか住ませてもらえないんだ。中に入ったら違う意味で驚くと思うけど」

部屋に通されて、その意味がわかった。ちょっとびっくりするくらい散らかっている。

「週一でハウスクリーニングの人が来てくれてるんだけど、あっという間にこうなっちゃうんだ」

椎名がそう言う通り、埃《ほこり》が目立ちそうな黒で統一されたテレビ回りなどはぴかぴかなのに、ソファの背もたれには何枚もの服がかかっていたり、ローテーブルの上にビールの空き缶が林立していたりと、まるでわざと乱雑さを演出したドラマのセットみたいに、矛盾《むじゅん》する表現だけれどきれいに散らかっている。

「引いた？　嫌いになった？　玲さんはすごくきれい好きっぽいもんね」

あの椎名貴博《たかひろ》が自分なんかに嫌われたかどうか気にするというありえない事態に、衝撃を受ける。

「全然。むしろ親しみがわきました」

「はい、四回目」

「あ」

「ていうか今まで親しみを持ってくれてなかったの？　超ショック」

大仰《おおぎょう》な表情で言って、椎名は玲のジャケットの裾《すそ》を引っ張った。

「これ、似合うね。着てもらえて嬉しいな」

「すみません、ちゃっかり」

「五回目ね。リングは嵌《は》めてくれないの？」

そう言われてポケットから指輪を取り出す。

「アクセサリーとかする柄《がら》じゃないので」

「そんなことないよ」

返そうとした指輪を、椎名は玲の薬指に嵌めようとする。

「無理です、薬指だとゆるくて。中指じゃないと」

「はい、六回目。っていうことは嵌めてみたんだ」

意味深ににこにこ見つめられて、カーッと顔が熱くなる。柄じゃないなどとストイックを気取ってみせながら、実は一人でこっそり嵌めてみたとか、むっつりすけべっぽくないか。これでは淫乱だとばれるのは時間の問題だという気がする。

うっかりしている間に、指輪は玲の中指に嵌まっていた。

「会社にしていってとは言わないけど、プライベートでつけてよ。玲さん、指が細くて長いから似合うよ」

手を取ってそんなことを言われると、腰が砕《くだ》けそうだった。

「ぱぱっとシャワー浴びてくるから、適当に座ってて」

椎名がバスルームに消えると、玲は所在なくソファに腰をおろした。

広いローテーブルの上には、空き缶のほかにも色々なものが載っていた。漫画雑誌が数冊、開きっぱなしの台本。台本には、ピンクときみどりの蛍光マーカーで無数の線が引かれ、細かな書きこみがたくさんあった。華《はな》やかな活躍の裏の地道な努力の、ほんの一端なのだろう。

玲の注意を引いたのは、その隣に置かれた編み物の本と、編みかけのマフラーらしきものだった。

あからさまに女性の影を感じて、浮き足立つ。やっぱいるんじゃん、彼女。つきあってとか、からかわれただけだったんじゃないだろうか。

「お待たせ」

頭上から降ってきた声にはっと我に返る。椎名が髪をがしがし拭《ふ》きながら立っていた。下はスウェットを穿《は》いているが上半身は裸で、目がチカチカする。バランスよく筋肉ののった身体は見惚《みと》れるほど美しい。

玲の視線をどうとったのか、椎名はふと言った。

「玲さんもシャワー浴びる?」

玲はカーッと赤くなった。つきあっている相手の部屋でシャワーを浴びるという状況に、不《ふ》埒《らち》な想像が脳裏を過《よぎ》る。

「むっ、無理です!」

勢い込んで答える玲に、椎名が目をぱちぱちさせた。

「無理? つか七回目」

「あ、いや、あの、僕は別にメイクとかしてないし、髪もキラキラしてないから、大丈夫っていう意味です、つまり!」

「面白《おもしろ》いなぁ、玲さんて」

「あ、いえ、あの、これ、すごいですね」

シャワーから話題を逸《そ》らそうとシナリオの書きこみを指差してしまってからハッとする。まだ放映されていない作品の台本を部外者が勝手に見ていいはずがない。出版社でいったら刊行前の作品のゲラを社外の人間が勝手に見るくらい、あってはいけないことに違いない。

「す、すみません! 全然読んでませんからっ! あの、これ、いい色ですね」

再び話題を逸らそうと編みかけのマフラーに話を振って、またうろたえる。女性の痕跡《こんせき》に触れるこの話題もタブーだったんじゃないだろうか。

玲はすっかりパニクって、あわあわしながら両手で頭を押さえた。

「すみません、あの、俺、全然そういうの気にしてないので。っていうか最初から冗談だったとしても、全然大丈夫ですからっ」

Tシャツに頭を通していた椎名は、不思議そうな顔で玲を見る。

「ごめん、玲さんすごく面白いけど、いつもちょっと意味がわかんないこと言うよね。そういうのってどういうの？」

「えっとつまり、ここで編み物をする女性とかそういう……」

「ああ、これ、俺の作品」

「は？」

「次のドラマで、編み物男子の役をやるから、練習してるんだ。一応最低限の指の形だけできればいいって言われたんだけど、指導の先生に教えてもらったら面白くて」

編み棒からぶらさがったからし色のマフラーを、玲の首元にあてがう。

「この色、好き？」

「ええ。すごくきれいな色ですね。模様も、すごい凝《こ》ってて。椎名さんが編んだなんてびっくりです」

「アラン模様っていうんだって。完成したら玲さんにプレゼントするね」

「え？」

驚愕《きょうがく》する玲を残して、椎名はキッチンに向かった。

「ディナー、俺の手料理でいい？」

玲は更に目を見開いた。

「料理もできるんですか？」

「うん。冷凍ピザをチンしたり、缶のスープを温めたりね」

屈託《くったく》なく笑って、椎名は冷凍庫を開けた。

椎名の部屋に招かれるという特別扱《あつか》い。それでいてお客だからと特別扱いしない気取らない食事。その両方に、玲の胸はときめいた。椎名のしてくれることのすべてに胸が躍《おど》る。自分の人生にこんな夢みたいなことが起こるなんて、信じられなかった。

冷凍ピザはこれまでの人生の中で食べたどのピザよりもおいしかったし、「ビタミンが足りないよね」などと椎名が真面目《まじめ》な顔で言って切ってくれた皮つきのリンゴは、ホルマリン漬けにして永久保存しておきたいほどだった。

テレビを見ながら楽しくビールを飲んで食事をして、そのあとトランプをした。椎名が番組で共演したマジシャンからもらったというトランプがたまたまテーブルの上にあって、なんとなくノリでババ抜きを始めたら、二人して止まらなくなってしまった。

トランプなど小学生のとき以来だった。しかも二人でババ抜きなんて、本当なら馬鹿らしくて退屈なはずなのに、最後のババの応酬《おうしゅう》に異様に盛り上がって、ハラハラした。

何をするか、じゃなくて、誰とするか、ってことなんだなぁと、程よくアルコールの回った頭でふわふわ考えた。好きな人と一緒だったら、退屈なんてありえない。

これは魔法だ。玲の人生できっと一度きりの魔法。魔法はいつか解けるけれど、この瞬間の楽しい気持ちは、きっと一生忘れない。

ニュース番組が終わる頃には、そろそろ時間が気にかかった。明日も仕事の身、終電前には帰らなくてはいけない。

「もうこんな時間か」

玲の視線を追って、椎名が言った。それを潮に、玲はジャケットに袖《そで》を通した。

「お邪魔しました。すごく楽しかったです」

「うん、俺も。今度は外でもっとおいしいものを食べようね」

「今日、すっごくおいしかったです！」

思いっきり力説した玲に、椎名が目を瞬《しばた》いて噴き出した。

「ありがとう。玲さんってホントに面白いね」

また笑われてしまった。力みすぎたかとおろおろしつつ立ち上がると、椎名の手が肩に載り、ソファに押し戻された。

「ちょっと待って。忘れもの」

「え?」

「敬語の罰金、払っていってもらわないと」

前回同様、身構えるまでもなく軽く唇を奪われた。身体中がぼっと熱くなって、玲はソファの上でもがいた。

「あ、あの、」

「五十六回」

「えっ」

「までは数えたんだけど、その先はわかんなくなっちゃったから、とりあえず数えた分だけね」

からかうような笑顔で、二、三、四……と数えながら、鼻先に頰に目尻にとキスの雨を降らせてくる。

アップになっても微塵《みじん》の瑕疵《かし》もない美しい顔。自然に乾いて少しウェーブがかかった髪からは、いつも椎名から香るいい匂いがして、身体中の血が沸《わ》き立《た》った。

それにひきかえ玲は、ジャケット以外はもっさりとして、とてもそんなロマンチックなキスを浴びせてもらうような身分ではない。

分不相応の幸せが怖くなって押し返そうとすると、ぐっと手首をつかんで窘《たしな》められた。

「ダメだよ。ペナルティなんだから」

「あ……っ」

十回目あたりから、キスは唇に集中しはじめた。最初は触れるだけだったくちづけが、徐々にしっとりと長くなり、やがて緩《ゆる》んだ口腔《こうこう》から舌先が忍び込んでくる。よもやのディープキスに心臓がばうんばうんと暴れ回る。

一生のうちに打つ心拍数って決まってるんじゃなかったっけ、と、パニクった脳みそは不確かな情報を引っ張り出してくる。もしそうなら、こんなにドキドキしたら一気に寿命が縮《ちぢ》んでしまうという勢いで心臓が暴れ回り、身体の奥からあやしい熱が生まれる。

「ん……はぁ……っ」

とろけるくちづけに煽《あお》られてその熱があらぬ場所に集まり始め、玲は今度こそ必死になって椎名の身体を押しのけた。キスで勃《た》ちかけているなんて気付かれたら、それこそ淫乱だとばれてしまう。

いきなり激しい抵抗を受けた椎名は、驚いたように目を丸くした。

「ごめん。調子に乗りすぎた。……嫌だった？」

嫌だなんてとんでもない。むしろよすぎてパニクってます、とも言えず、玲はソファに半《なか》ば押し倒された状態のまま口をパクパクさせる。

中途半端に中断したせいで、双方引っ込みがつかないおかしな空気になっている。このままではデニムの下で自己主張しはじめているものに気付かれてしまう。なんとか注意をほかに逸らさなければと、ささやかな脳をフル稼働《かどう》させる。

「あの、ええと、そういえば大橋《おおはし》さんが、二冊目も楽しみにしてるって言ってました」

口から飛び出したのは、何の関係もない話題だった。のしかかっていた椎名が一瞬目を瞠《みは》る。

また突拍子のなさを笑われると思って、決まり悪く先に笑って見せたが、椎名は真顔のままぼそっと呟いた。

「……人身御供《ごくう》?」

「は?」

よく聞きとれずに訊き返してしまう。

「いや、なんでもない」

椎名はふっと笑って、玲の身体をひっぱって起こした。

「大橋さんもせっかちだよね。二冊目なんて需要《じゅよう》があるかどうかわかんないのにね」

「ありますよ! 既刊の動きもとてもいいですし、もしアイデアがあるなら、是非《ぜひ》二作目をお願いしたいです!」

「ありがとう」

困ったように歯切れの悪い笑みを浮かべる椎名を見て、お世辞だと思われているのだと感じ、玲は前のめりに力説した。

「営業は編集よりもシビアに動きを見てますから、売れてない本をお世辞で売れてるなんて言いません。大橋さんも僕も、次回作を心待ちにしています」

「うん。ありがとうございます」

職業意識に目覚めた玲に、椎名も少し改まった声で礼を言い、先程のスキンシップで着崩れた服を長い指で直してくれた。またドキドキがぶり返す。こんなにきれいな人に、こんなにきれいな手や唇で触れてもらって欲情しそうになるなんて、自分はやっぱりひどく薄汚れた淫乱野郎だ。その憂鬱《ゆううつ》な思いから逃《のが》れたくて、玲は本の話を続けた。

「あの、椎名さんが小社で書いてくださって本当に嬉しく思ってるんですけど、そもそもどうしてうちを選んでくださったんですか？　もっと大手からも、話があったんじゃないですか？」

「うん。大手かどうかはともかく、オファーは結構あったな」

「やっぱり」

当然だろうと玲が頷くと、椎名は意味深な笑みを見せた。

「ちょうど子役として落ちぶれた頃に、暴露《ばくろ》本とか告白本を書かないかっていう依頼ばっか五、六件」

「え？」

思いがけない答えに、玲は固まった。

「落ちぶれた頃って、椎名さん、落ちぶれたことなんかないじゃないですか」

「思いっきり落ちぶれてたよ。中学の終わりから高校にかけて。建て前では受験に専念ってことになってたけど、ホントは仕事がなくて干《ほ》されてただけだよ」

自虐的《じぎゃくてき》に笑って見せる椎名に、そんなことはないと言い返したかったけれど言えなかった。

正直なところ子役時代の椎名のことを玲はさほどよく覚えていない。もちろん、海外の映画賞を最年少で受賞した名子役として名前は知っていたが、子役に称賛の眼差《まなざ》しを送るのは同年代の子供たちではなく、主に親世代だ。

玲が椎名に惹《ひ》かれるようになったのは、椎名が成人して芸能活動を本格的に再開してからだ。子役時代は神がかった才能ゆえの尖《とが》った感じがあって、テレビで見てもとっつきにくいイメージだったが、再ブレイクした椎名は明るく和《なご》やかで、テレビごしのその笑顔に玲はひどく引きつけられた。

今目の前にいる椎名の瞳には、かすかな記憶の底にある、あの人を寄せ付けない少年の眼差しがわずかに残っていた。けれどそれは玲が見つめる前ですっと薄れて、穏やかな笑顔に変わった。

「高校生の頃、社長の紹介で大橋さんと会ったんだ。大学の同窓生なんだって。この人のところでお涙ちょうだいの告白本を書かされるんだなって思って、その頃、反抗期真っ只中《ただなか》って感じだったからさ、ばっさり断って社長の顔に泥塗《どろぬ》ってやろうって、わくわくしてたんだ」

当時を思い出したように、椎名はおかしそうな表情になった。

「でも、大橋さんは出版界の面白い裏話とか聞かせてくれるばっかで、全然仕事のオファーなんかしてこなくて。俺もだんだん気を許して、色んな話をした。五時間くらい喋《しゃべ》ったかな」

ほとんど露出《ろしゅつ》のなかった高校生の椎名を脳裏に思い描いてみる。大橋が羨《うらや》ましい。玲もその頃の椎名に会ってみたかったと思う。

「俺の青臭《あおくさ》い不満や不信感を、大橋さんは真面目に聞いてくれて、表現の仕方が面白いって褒《ほ》めてくれたんだ。まあ、お世辞だったと思うけど」

「お世辞なんかじゃないですよ。だからこうしてお仕事に繋《つな》がってるわけだし」

「うん。帰り際にさらっと言われたんだ。いつか一緒に仕事しようって。いつかっていつですかって訊いたら、『きみが再ブレイクしたとき』って笑って言われて、めちゃくちゃ恥ずかしかったな。告白本なんか書くもんかって息まいてたのに、この人には現時点ではそれすら求められてないって。何を思いあがってたのかなって」

「大橋さんは、椎名さんと話して、絶対再ブレイクするって確信したからそう言ったんですよね、きっと」

「俺も、その後そうポジティブに考えて、おかげで今があるから、大橋さんには感謝してるんだ。約束を果たせてよかった」

「僕も大橋さんは信頼しています」

玲が言うと、椎名はちょっと不満げに口を尖らせた。

「でも実は腹黒いよね、大橋さん。売れないタレントに用はない、売れたら使ってやるって話じゃん？　あの頃群《むら》がってきた暴露本推《お》しのどの出版社より腹黒くない？」

同意を求めてくる目が笑っていて、玲もつられて笑ってしまった。その瞳から、椎名の大橋への信頼と好意が見てとれた。

玲は広々としたマンションの室内をそっと見回した。容姿と才能に恵まれ、おしゃれな部屋に住んで何不自由なく見える人気タレントにも、人知れない挫折《ざせつ》や苦悩はあるのだ。テーブルの上の読みこまれた台本や編みかけのマフラーは、見えない努力のほんの一端でしかない。

「玲さん？　ぼーっとしてどうしたの？」

「あ、いえ、別に」

「落ちぶれてた頃の話なんかしたから、引いちゃった？」

「まさか！　もっと好きになりました！」

勢い込んで言ってから、気恥ずかしさにあわあわする。

椎名は嬉しそうに笑ってくれた。

いいというのに駅まで送ってきた椎名は、人影もまばらなホームで玲に囁いてきた。

「ごめんね、さっきは無理矢理キスしまくって」

初冬の冷気で冷えた頬に熱が集まる。

「いえ……」

「玲さんってすごいストイックな感じで、Hなこととか苦手そうだよね」

そんなことない！　むしろ淫乱！　と暴露してしまったら楽になれるのだろうか。しかしそんなことがばれたら、きっと捨てられる。山田だって、長続きのコツはベタベタしないことだと言っていた。

何も言えずに俯《うつむ》いていると、椎名が顔を覗きこんできた。

「俺も一応健康な男だから、まったく手を出さないなんて約束できないけど、玲さんが嫌がることを無理強《じ》いしたりしないから、懲《こ》りずにまた遊んでね？」

「そ、そんな。こちらこそよろしくお願いします」

慌てて言うと、椎名は白い息を吐いて笑った。

この分不相応に幸せな時間が、少しでも長く続くように願わずにはいられなかった。

# 6

勤務時間が規則正しい玲《れい》と違って、椎名《しいな》の仕事は日々不規則で多忙だった。週に一度会えたり会えなかったりという状態だったが、逢瀬《おうせ》を重ねるごとに、玲は椎名に更《さら》に惹《ひ》かれていった。

遠いスターとして憧《あこが》れていたときにすでに気持ちはＭａｘだったから、逆にその私生活を見てしまったら減点していくのではないかと思ったのに、素の椎名はテレビに出ているとき以上に魅力的で、好きな気持ちは増すばかりだった。

徐々に玲は椎名を「くん」づけで呼べるようになり、敬語を使わないで話せるようにもなった。

どちらかの部屋で会えば、ただ話したり食事をしたりするだけでは終わらず、自然にキスやちょっとしたスキンシップへと発展する。

椎名は宣言通り強引なことはしなかった。あくまで優しく唇をかさね、いとおしむように玲を抱きしめたり、そっと肌に触れてきた。

椎名に触れられると、たとえ髪を撫《な》でられただけでも、玲はひどく感じてしまった。そんな自分はまさしく淫乱《いんらん》だと思った。椎名に気付かれたら嫌われるに違いないと怖くなり、会う前には事前に一人で抜きまくった。

椎名のキスや自分に触れる手の感触を思い出せば、何度でも容易《たやす》く抜けた。ペニスが擦《す》り切《き》れて、もう何も出ないというくらいまで自慰《じい》に耽《ふけ》ってからデートに出向く自分は滑稽《こっけい》かつ病んでいると思った。

そこまでしても、いざ椎名に触れられたら胸がきゅっとして、その疼《うず》きは頭の先から爪先《つまさき》まで駆け抜け、身体は熱を帯びていく。まさに本物の淫乱だと自分が空恐ろしくなった。まだキスやハグ程度のスキンシップ止まりだったが、玲はそれらに自分の方からは積極的に応じないように細心の注意を払った。だがこの先もっと関係が進むことがあれば、玲の本性はすぐにばれるだろう。

そんな怯《おび》えを抱《いだ》きつつも、椎名と過ごす時間は夢のように楽しかった。初めから長続きする関係だとは思っていない。それでも椎名に飽《あ》きられるまで、あるいは周囲からの圧力で別離を迫《せま》られるまでは、甘い夢を見ていたかった。

人気タレントの椎名はクリスマスや年末年始は多忙で、やっと休みが取れたのは一月の二週目の週末だった。

『せっかくの休みだから、前の日から会おうよ。職場まで迎えに行くから』

携帯から聞こえる椎名の声は華《はな》やいでいた。それはつまり泊まりということだろうかとおろおろしつつも、椎名と少しでも長い時間過ごせることはとても嬉しかった。

定時で仕事をあがったあと、待ち合わせの通用口の前で不安と期待に胸を高鳴らせながら椎名を待った。

コートのポケットに潜《ひそ》ませてあった指輪を取り出して中指に嵌《は》めてみる。スーツ姿にはまったく似合わなかったが、心が浮き立った。

珍しく椎名は遅かった。一月の夜気は凍《い》てつき、吐く息が白く凍る。そんな自分の吐息《といき》を眺めるのさえ心躍《おど》り、寒さも時間の経過も気にならなかった。恋をしている自分をまざまざと思い知る。

「五十嵐《いがらし》くん？」

不意に背後から声をかけられて、玲はドキリとした。通用口から出てきた大橋《おおはし》が、怪訝《けげん》そうに眉《まゆ》をひそめた。

「こんなところで何してるの？」

「あ、いえ、大橋さん、今日はもう終わりですか？　早いんですね」

焦《あせ》りながら切り返すと、大橋は「まさか」と苦笑いした。

「え。猿渡《さるわたり》先生が原稿落としそうだから、これからお宅まで激励《げきれい》という名の催促《さいそく》に行ってくる」

「え。猿渡先生って確か長野《ながの》でしたよね？」

「うん。やれやれだ」

「お疲れ様です」

編集部の激務に比べ、定時で上がろうとしている我が身が申し訳なくなる。

しかも外回りがメインの玲と違って、社内での仕事が中心の大橋が、薄いコートしか羽織っていないのが気になった。

「長野は寒そうですよね。よかったら僕のコートを使ってください」

脱ぎかけてみたものの、こんな安物を大橋に貸すのは失礼かと途中でためらう。

「え、いいの？　助かるな」

しかし大橋は嬉しそうに笑って、玲の申し出を受け入れ、お互いのコートを交換した。

「どう、ちょっと若く見えるかな」

「大橋さんはいつも若々しいです」

「五十嵐くんは優しいね。そういえば、椎名くんと仲良くしてるみたいだね」

いきなりの話題に、心臓が飛び出しそうになる。仲良くとはどういう意味かと大橋の顔を伺ってしまう。

「この前電話で話したとき、椎名くんから聞いたんだ。五十嵐くんと意気投合して、時々会ってるってね」

大橋の視線に意味深なものを感じて、玲の心臓は激しく拍動した。

ついにその時がきたのだろうか。椎名との関係が露呈《ろてい》し、別れを促《うなが》されるときが。

「……あの、」

「彼はとても魅力的で、いい青年だよね」

「……はい」

その魅力的な彼の未来を考えたら、身を引いた方がいいとかなんとか、その手の台詞《セリフ》が続くのだと思って、玲はぎゅっと拳《こぶし》を握りしめて身構えた。

「仲良くやれよ」

しかし大橋は軽い調子でそう言って、玲の肩をポンポンと叩いた。思わず拍子抜けしてしまう。その口調からして、恋愛関係に気付いたわけではなく、単に歳が近くて気の合う友達程度だと思っているのだろう。

玲はほっと肩の力を抜き、頷いてみせた。

「じゃ、行ってきます」

大橋は片手をあげて通りへと歩き出した。

「お気をつけて」

その背を見送る玲に、大橋がふと足を止め振り返った。その顔に、からかうような笑みが浮かんでいる。

「その指輪、椎名くんが愛用してたやつだよね。お熱いね。よく似合う」

「え？」

硬直する玲に噴き出して、大橋は足早に駅に向かって行った。

……バレてる？

頭が混乱してクラクラした。バレたら止められると思っていた。その瞬間を恐れながら、どこかでかすかにそれを待っている自分もいた。いつか正体がバレて椎名に嫌悪されるより、不可抗力で引き裂かれた方が傷は浅いのではないかと、卑怯《ひきょう》なことを考えていた。

だがなぜか祝福されてしまった。まったく予想外の展開に当惑しつつ、じわっと嬉しかった。

お熱いね。よく似合う。

大橋の言葉を、何度も何度も頭の中でリピートする。第三者の祝福で、改めて自分が椎名とつきあっていることを実感する。

暗がりの中で、左手の指輪をかざしてみる。ふといたずら心で手の甲を外側に向けて、誰もいない一方通行の裏通りに指輪をかざす。芸能人の婚約会見ってこんな感じだよなと、一人でうずうず笑ってしまう。

本通りから眩《まぶ》しいヘッドライトが射し込んだ。黒いミニバンが、通用門の前で停車する。

椎名くんだ！

弾む足取りで一歩踏み出したものの、運転席から降りてきた人の姿に硬直する。サイン会のときに見かけた記憶がある椎名のマネージャーだった。後部座席は見えないようになっているが、どうやら椎名は乗っていないようだった。

浮き立っていた気分は、また急激に落下し、顔から血の気が引いていくのがわかった。

今度こそアウトだ。大橋はまだ玲の身内サイドだからああ言ってくれたけれど、椎名サイドにバレたとしたら、もう無理だ。

「こんばんは。五十嵐さんですよね？」

運転席から路肩に回りこんできた女性マネージャーはぱきぱきと言って、名刺を差し出してきた。

「椎名のマネージャーの中野《なかの》です」

「あ、どうも、いつもお世話になります」

動揺しながら名刺入れを取り出そうとしたら、中野に制された。

「お名刺は結構です」

口調の歯切れのよさに怯える。

「急いでいるので、手短に用件をお話しします」

今度こそその時が来たのだ。玲は粛々《しゅくしゅく》と頭を垂れた。

「これ、椎名の部屋の鍵《かぎ》です。暗証番号はご存知ですよね？」

目の前にキーケースを差し出され、わけのわからない展開に「は？」と顔をあげる。

「トラブルで収録が長引いてしまって、椎名から五十嵐さんには連絡が取れない状態なので、伝言を言付《ことづ》かってきました。日付が変わる前には帰れると思うので、あがって待っていて欲しいとのことです」

玲は思わず目を剝《む》いた。真意を測りかね、中野のきりっとした顔とキーケースを交互に見比べる。

「……あの、僕がお預かりして大丈夫ですか、こんな大事なものを」

「本人がいいと言うんだから、いいんじゃないですか。恋人同士なんだし」

あっけらかんと言われて、腰が抜けそうになった。椎名は、大橋にもマネージャーにも事実を伝えていたのだ。

「そっ、それは、あの、正直、まずいですよね、あの、世間的に……」

中野はきゅっと眉根《まゆね》を寄せた。

「世間に発表する予定なんですか？」

「いえ、まさか！　とんでもないですっ！」

「そうでないなら、問題ないでしょう。事務所としてはプライベートなことは本人に任せてあります。そういう契約ですし。手を繋《つな》いで繁華街を歩かれるより、自宅でしっぽりやってもらう方が安心ですしね」

真顔で「しっぽりやる」って、なんなんだろう、この人は。

唖然呆然《あぜんぼうぜん》の玲を見て、中野はふっと表情を緩《ゆる》めた。

「恋人がいることは、椎名の仕事の励《はげ》みにもなると思うんです。最近とても意欲的ですし、いいことだと思います。じゃ、現場に戻りますので」

中野はさっさと車に戻り、走り去ってしまった。

玲は名刺とキーケースを手に、しばしその場で呆然としていた。

立て続けに、思いもよらないことが起こってしまった。

玲の中では、周囲にバレたら別れること前提の期限付きのつきあいのつもりだった。しかし、玲サイドからも椎名サイドからも祝福もしくは容認されてしまった。予想外の事態にパニックに陥《おちい》る。

認めてもらえたことはとても嬉しい。しかし、これでもう不可抗力で別れさせられることはなくなってしまった。

今後の展開は、すべて本人同士の問題だ。玲が椎名を嫌いになることなんて絶対ないから、終わりを迎えるのは椎名に疎《うと》まれたときだ。

玲は緊張感に思わず唾《つば》を飲み込んだ。

留守中にあがるのは初めての椎名の部屋は、いつものようにきれいに散らかっていた。お節介にならない範囲でリビングのテーブル回りだけを片付け、大橋のコートをソファの隅《すみ》にそっと畳《たた》んで置いた。

帰宅は日付が変わる頃だと言っていたから、まだまだ時間がある。夕飯代わりにコンビニでサンドウィッチとコーヒーを買ったが、先程の出来事の緊張と驚きで食欲が失《う》せ、ソファに座ってコーヒーだけを啜《すす》った。

静かすぎて不安になりテレビをつける。リモコンでザッピングしていると、バラエティ番組のヒナ壇《だん》に座る椎名の顔が目に飛び込んできた。

なんてかっこいいんだろう。玲は画面に眺め入った。自分は今、あの王子様のような笑顔の青年と交際中なのだ。しかも周囲の公認も取り付けてしまった。

幸せすぎて怖い。絶頂までのぼったら、あとは下るしかない。この先、椎名に愛想を尽かされる恐怖に怯えて生きて行くのだ。

そんなことを考えながらテレビを眺めていて、ふと気付いた。

今夜は多分、ここに泊まることになる。だからさっきコンビニで下着の替えも買っていた。もしかしたら椎名と「しっぽりやる」ような展開になったりしないだろうか。

いや、夜半まで仕事の椎名は疲れていて、とてもそんな気力はないかもしれないし、そんな想像をするのは自分が淫乱だからかもしれない。

でも、万が一、そうなったときに、無様に感じまくる姿など見せたら、恐れているXデーが今夜になってしまう。そうなる前に、いつものように処理しておかなくては。

テレビ画面の中の椎名を眺めつつ、玲はスラックスの前立てを寛《くつろ》げた。主《あるじ》不在の部屋で、テレビを見ながら自慰に耽《ふけ》るとか、もう完璧な変質者だと後ろ暗さに押しつぶされそうになりながら、玲は自分の手で興奮を高めた。椎名のことを考えれば幾《いく》らでも昂《たかぶ》れたし、何度でもイけた。

もうこれで椎名の前で無様な粗相はしないというところまで徹底的《てっていてき》に抜きまくって、玲はティッシュで下半身を清め、そのティッシュをポリ袋で厳重《げんじゅう》に密封して自分のビジネスバッグに押し込んだ。

洗面所で手を洗いながら、鏡に映《うつ》る自分の疲れた顔に失笑する。行動のすべてが滑稽で変態じみていてバカバカしい。あの椎名貴博《たかひろ》の恋人がこんな奴《ヤツ》だなんて、ファンが知ったらどん引きだろう。

ソファにひき返したら、なんだかぐったりしてしまった。週末で仕事の疲れもたまっていたし、さっき大橋と中野の前で激しく緊張した反動もあった。しかも一人で抜きまくって、文字通り精根尽き果てていた。

広いソファに身を横たえると、ふわっと睡魔《すいま》に襲われた。

意識が覚醒《かくせい》したのは、頬に風を感じたせいだった。薄目を開けると、焦点《しょうてん》が合わないほど近くに椎名の顔があった。

「うわっ……」

「ごめん、起こしちゃった?」

「や、こっちこそ、ごめんなさい、つい、寝ちゃって……」

すぐには醒《さ》めきらない頭でしどろもどろに答える。

「遅くまで待たせてごめんね」

囁《ささや》くように言って、椎名は玲の瞼《まぶた》にキスしてきた。

いつの間にかシャワーも済ませたらしく、髪から雫《しずく》が滴《したた》っていた。

「あーあ、上着がしわくちゃだよ」

もそもそ起き上がった玲のスーツを、椎名が笑いながら脱がせてくれた。

「こんな格好のままうたた寝しちゃうなんて、相当疲れてたんだね。俺の都合で無理に誘っちゃってごめんね」

「そんな」

「でも、すごく会いたかったから」

そんなふうに言われたら、へにゃっとクリームみたいに溶けてしまいそうになる。

「僕も、椎名くんに会いたかった」

玲が小声で返すと、椎名は嬉しげに目を輝かせた。

「玲さん、お腹空《す》いてない？　何か食べる？」

「ううん、大丈夫。椎名くんこそ夕飯食べた？　こんな時間まで仕事なんて疲れたでしょう。早く休んだ方がいいよ」

時計に目をやると、すでに日付が変わっている。

「じゃ、一緒にベッドに行こうよ」

いたずらっぽい目で誘われて、ちょっとたじろぐ。

「今日、もちろん泊まって行ってくれるよね？」

前のめりに問われて、躊躇《ためら》いながらも頷いた。

「ねえ、玲さん」

「はい？」

「俺、玲さんの初めての男？」

いきなりきわどい質問をされてどぎまぎしつつ、小さくかぶりを振った。

椎名はちょっと口を尖《とが》らせた。

「ちぇっ、残念」

「ご、ごめんなさい」

「冗談だよ」

椎名が笑う。

「でもさ、玲さんってすごく初心《うぶ》な感じでおどおどしてるから、未経験で怯えてるのかと思ってた。そうじゃないなら、俺もガツガツいかせてもらおうかな」

玲はごくりと唾を飲む。期待と怯えでうろたえながら視線をさ迷わせる。

「玲さんもシャワー浴びる？」

「あ、うん」

立ち上がった拍子に、ソファのひじ掛けに置いてあったコートが床に落ちた。

「玲さんにしては珍しい色だね」

椎名がコートを拾い上げた。

「それ、大橋さんのだから」

え、と胡乱《うろん》げに椎名が眉根を寄せた。

「なんで玲さんが大橋さんのコート持ってるの？」

「取り換えっこしたんだ」

続けて事情を説明しようとしたが、なんだか機嫌の悪そうな顔になった椎名にグイッと腕を引っ張られた。

「やっぱシャワーなんかあとでいいよ」

「え？」

「それより玲さんとイチャイチャしたい気分」

「ま、待ってよ、パパッと浴びてくるから」

「いいって」

いつもは強引なことはしない椎名なのに、今日はやや乱暴に玲を寝室に引っ張り込んだ。

広々としたセミダブルのベッドに玲を押し倒すと、椎名は性急に唇を重ねてきた。嚙みつくように舌を吸われて、爪先がきゅんと痺《しび》れる。

「……っは、ん……椎名くん、どうしたの、今日、ヘン……」

「玲さんの寝顔見てたら、ムラムラした」

「ん……」

キスをしながら、手荒くネクタイを解かれ、ワイシャツをはだけられる。

「ねえ、待って……」

「待てないよ。ずっと我慢してたんだから」

キャベツの葉でもむしるようにぺりぺり着衣を剝《は》がれ、その強引さに胸が騒いだ。大好きな相手にガツガツ求められるこの上ない幸せに、あれだけ抜きまくった場所に熱が集まり始める。

俺ときたらどこまで淫乱なんだと、顔を覆《おお》いたくなった。

とうとう椎名に抱かれるのだ。昂揚感《こうようかん》で心臓がゴムボールみたいに胸の中でバウンドして、身体中をどくどく血が駆け巡《めぐ》るのがわかる。

失敗は許されない。うっかり変な声を出したり、感じまくって早々に漏らしてしまったりしたら、淫乱だとばれてしまう。

「玲さん、色白いね」

椎名は玲の貧相な上半身をうっとりした目で眺めて、大きな手のひらでさらっとへそから胸へと逆撫《さかな》でした。意志とは関係なく腹筋が震え、さっと肌が粟立《あわだ》つ。くちづけは顎《あご》に滑《すべ》り、首筋を辿《たど》り、鎖骨《さこつ》をかすめて胸の突端へと降りていく。鳥肌と一緒に硬く凝《こご》った部分を舌の先で舐《な》められたら、下半身にぎゅんと響いた。

押し返すことも抱き寄せることもできず、玲はただマグロになって、必死で喘《あえ》ぎ声《ごえ》をこらえた。

恋する美しい男に与えられる愛撫《あいぶ》はたまらない快感を呼び起こし、理性は今にも雪崩《なだれ》を起こしそうだった。

感じてはいけない。感じたら嫌われてしまう。過剰《かじょう》な思いこみに支配され、玲は滑稽なまでにマグロを決め込んだ。

椎名の手が玲の下腹部に触れたときには、もう舌を噛み切るしかないかというほどの羞恥《しゅうち》と欲情に見舞われ、視界がくらんだ。さっき、抜いておいて本当によかった。そうでなければ、指先が触れたとたんに漏らしていたはずだ。

完膚《かんぷ》なきまでに抜きまくっておいたにもかかわらず、玲の美しい指先で弄《いじ》られるとそこは浅ましくビクビクと反応した。

マズい。このままでは勃《た》ってしまう。冷静に考えれば、性欲過多だと思われなければいいのであって、不能を装う必要などまるでない。だが、こんな状況で冷静に考えることなどできはしなかった。

心頭滅却《しんとうめっきゃく》すれば火もまた涼しというじゃないか。心頭滅却ってどうやるんだろう。とりあえず全然関係ないことを考えればいいのだろうか。

玲は声が漏れないように両手で口を押さえ、ぎゅっと目を瞑《つぶ》って、自社の文芸目録を脳裏に描き、唯一のとりえである記憶力を頼りにア行から順番にタイトルを唱《とな》えた。ナ行まで行ったとき、不意に下半身に今までとは比べ物にならない刺激が加えられた。

「あぁん」

あられもない声が喉奥から漏れて、全身から汗が噴き出す。目を開いて首を起こすと、玲の性器は椎名の唇に包まれていた。

「ひゃっ、やだ、やめてください、椎名くんっ！」

驚いて暴れる玲の腿《もも》を、椎名は肩に担《かつ》ぎあげてがっちりと押さえこむ。奥深く咥《くわ》えられ、裏側に舌を這《は》わされたら、あれだけ抜いておいたにもかかわらず、ひとたまりもなく昇りつめて

しまった。

「ん…………っ！」

玲は声を漏らさないように口を真一文字にひき結んで、その強い快感に耐えた。

なんということだろう。あの美しい椎名の口の中に、出してしまった。

椎名は口で受け止めたものを手のひらに吐き出し、我慢しすぎて涙目になっている玲をちょっと困ったような目で見下ろしてきた。

「……泣くほど嫌だったの？」

「違う、違います！　椎名くんにそんなことさせるなんて、どうしたらいいのかわかんなくて……」

椎名は玲の尻の狭間《はざま》に、今玲が放ったものをぬるりと塗《ぬ》りつけてきた。

「なんでそんなふうに思うの？　俺がやりたくてたまんないからやってることなのに」

「ねえ、挿《い》れてもいい？」

椎名の声が、欲情にかすれている。その声だけで、もう一度イってしまいそうだった。

椎名に貫《つらぬ》かれたら、きっと自分は本性丸出しで喘ぎまくってしまうだろう。そんな姿を見たら、椎名はどん引いて、二度と抱いてなどくれないかもしれない。

「ちゃんとゴム使うし、玲さんが痛かったら、すぐやめるから」

見当外れの心配をしてくれる椎名に申し訳なくて、涙目どころか本当に泣いてしまいそうになる。

そんなふうに気遣《きづか》ってもらえるほど清い身体ではない。電池で動く変な玩具を突っ込まれたことだってあるのだ。振動してぐねぐね動くあの変な器具で一方的にイかされて『淫乱』と嘲《あざ》笑《わら》われたときのことを思い出すと、やっぱり自分は椎名にふさわしい相手ではないと暗澹《あんたん》たる気分になった。

玲が自虐《じぎゃく》の泥沼に浸かっている間に、椎名の指が玲の体内にもぐり込んできた。

「あ、んっ、やっ……」

不意のことで、思わず大きな声が出てしまった。さっきから太腿にあたっていた椎名のものが、硬度を増してぐっと押しつけられる。

玲のみっともない声を聞いても椎名が萎《な》えないでいてくれることが嬉しくて、その欲情の証《あかし》に触れてみたい衝動に駆られる。でも、そんな浅ましいことをしたら淫乱丸出しになってしまう。

椎名は片手で玲の性器をあやし、もう一方の手でゆっくりと優しく後ろをほぐしていった。

そんな愛撫を受けながら、間近にじっと見つめられて、玲は欲情で気が変になって号泣してしまいそうだった。

それでも必死で声を殺し、椎名の刺激に高められた腰がうっかり動いてしまったりしないように、身を固くして耐えた。

丁寧過ぎるほど優しく玲の身体を馴らしてから、椎名は玲の中に入ってきた。その人工物のように美しいマスクとは対照的に硬く凶暴に猛《たけ》ったものは、玲の中をみっちりと満たし、頭がおかしくなりそうな刺激を与えてきた。

「……っすっげ、玲さんの中、きつくて、熱くて、めちゃくちゃ気持ちいい」

椎名にそんなふうに言われたら身体の芯からきゅんとして、ますます椎名を締めつけてしまった。そのせいでさらに椎名の存在をまざまざと感じとり、快楽に腰が震えて、あられもない言葉を叫びそうになる。玲はとにかくぎゅうっと唇を引き結んだ。

緩やかに腰をうちつけながら、椎名は玲の顔じゅうにくちづけの雨を降らせてきた。味わったこともないような快楽と幸福に、椎名の背中に腕を回したかったけれど、嫌われるのが怖くて我慢した。

「玲さんもイイ?」

耳元で囁かれて、ぞくぞくと背筋が震えた。

イイ。すごくイイ。

でもそんなことを言ったら、淫乱だと思われる。

もはや何がセーフで何がアウトなのかもわからなくなっていた。

玲はただ快楽に耐えて、唇をかみしめた。口の中に、鉄の味が広がった。

ぐっと奥に押し入られたとき、ぞくぞくと痺れるような絶頂感が爪先から頭まで貫き、あまりの快感に玲は薄い精液をこぼしながら失神してしまった。

玲が目を覚ましたときには、椎名はすでにTシャツとスウェットを身につけていた。ベッドに座って、じっと玲を見下ろしている。椎名の額に浮いた汗からして、そんなに時間はたっていないようだった。

「大丈夫？」

心配そうに訊《たず》ねられて、玲はひどく恥ずかしく気まずい思いがした。気絶するほど感じまくるなんて、俺は天性の淫乱に違いない。

「どこかつらいところはない？　何か飲む？」

心配してくれるのが申し訳なくて、玲はふるふるかぶりを振った。

椎名はちょっと考え込む顔になって、それから言った。

「玲さん、俺とセックスするの好き？」

あからさまな質問に、視界がぐるぐる回る。

好きな男と愛し合うことが嫌いな人間なんているだろうか。ましてや今、気絶するほど感じまくってしまったというのに。

俺は何を試されているのだろう。

もしかしたら、一連の行為で淫乱ぶりがばれてしまったのかもしれない。声を出さないように、感じていることを悟られないように、細心の注意を払ったつもりだったけれど、そういう性癖《せいへき》は滲《にじ》み出《で》てしまうものなのだろう。

ここで椎名の問いにイエスと答えたら、栗原《くりはら》みたいに豹変《ひょうへん》して『淫乱め』と罵《ののし》られるのではないだろうか。

正しい答えを探して視線を泳がせる玲に、椎名は小さなため息をついた。それから取り繕《つくろ》ったように口元にだけ笑みを浮かべた。

「シャワー浴びる？　しんどかったら手伝うよ」

玲は慌ててぶんぶんと首を横に振った。椎名と一緒にシャワーを浴びたりしたら、また欲情してあられもない姿をみせてしまいそうな気がした。

玲の強い否定に、椎名は複雑そうな顔でふっと笑った。

ふらふらしながらシャワーを浴びたあと、椎名がグラスに注いでくれたオレンジジュースを飲んで、ベッドに戻った。肩を並べてベッドに座り、テレビを見ながらしばらくとりとめのない会話を交わした。ピロートークというには、どこかぎこちない雰囲気だった。肌を重ねたのに、なぜか距離ができたような違和感があった。

やはり淫乱を椎名に悟られたのだと思った。それでどことなく椎名の態度が冷ややかなのだ、と。

玲は泣きたくなった。大橋からも椎名のマネージャーからも認めてもらえたのに、結局自分のせいでダメになってしまうのか。こんなことなら、寝なければよかった。

でも、遅かれ早かれ終わりは来ていただろう。

この先の人生、椎名との思い出を生きるよすがにしていこう。……と言えばセンチメンタルでかっこいいが、要は椎名に抱かれたことを思い出して一生自慰に耽るということで、自分はどこまでもみじめで薄汚い淫乱野郎なんだと自己嫌悪に陥《おちい》る。

会話は弾《はず》まず、深夜番組の笑い声だけが広いベッドの上を通り抜けて行く。

「……あの、僕、帰った方がいいですか？」

小声で訊ねると、椎名は不機嫌そうに玲を見た。

「帰りたいの？」

そう切り返されて、またも答えに困る。

こんな時間に帰りたいと言うのも失礼だし、そもそも帰りたいわけではない。しかし帰りたくないと言うのも厚かましい返事ではないか。だったら最初からそんなウザい質問はするなという話だ。

それでも玲が小さく首を横に振って意思表示すると、椎名はぼそっと言った。

「帰りたいって言っても、帰さないけどね」

その一言にほっとする。とりあえずここにいても邪魔ではないということだ。

しかし、会話はまたそこでぶっつり途切れてしまう。沈黙が質量をもっているように重くのしかかってくる。

なにか軽いやりとりができるような共通の話題を探して、玲は笑顔を取り繕って口を開いた。

「あのね、大橋さんが、」

「大橋さんの話なんか聞きたくないよ」

椎名の返事に玲はビクッとなった。

やはり機嫌が悪いのだ。玲と会話がしたくないくらいに。

思わず固まってしまった玲に、椎名がハッとしたように振り向いた。

「ごめん！　今のなし！　何言ってるんだろう、俺。疲れてるのかな」

困ったような顔で笑うと、椎名は足元から上掛けを引っ張り上げて、玲を包んでくれた。

「今日はもう寝ようか」

テレビを消すと、部屋は静寂に支配された。

広いベッドの上で、指先だけつないで眠った。同じベッドの上で眠るのはこれが最初で最後かもしれないと思うと、玲は明け方まで寝付けなかった。

# 7

「おい、一体何度ため息をついたら気が済むんだよ」

隣の席から山田《やまだ》に突っ込まれて、玲《れい》は報告書から顔をあげた。

「す、すみません」

「おまえ今週なんかおかしいよ。悩み事でもあるのか？」

心配してくれる山田に感謝しつつも、まさか「椎名《しいな》さんに淫乱《いんらん》だってことがバレて引かれた気がするんですけど、どうしたらいいですか」などという相談はできない。

泊まった翌日、目が覚めたら椎名は明るくて面白《おもしろ》いいつもの彼に戻っていた。

マンションの近くの椎名行きつけのカフェに連れて行ってもらって遅めの朝食をとり、そのあと椎名の車で鎌倉《かまくら》までドライブした。冬の海は夏とは違う静けさに包まれ、寒かったけれどとても美しかった。

椎名は『ゆうべ無理させたから』と玲の身体を心配してくれて、あまり街歩きはしなかったが、それでも修学旅行のようにいくつかの寺を回り、有名店のコロッケや鳩サブレを食べ歩いたりもした。

何度か椎名に気付いて声をかけてくるファンもいたものの、騒ぎになるようなこともなく、平穏で楽しい一日だった。

椎名は陽気で親切で、一見いままでと変わらない雰囲気だったが、ひとつだけ決定的に違っていたことがあった。車の中で二人きりになっても、一切のスキンシップをしかけてこなかった。玲がうっかり敬語を使ってしまってもペナルティ《キス》を要求したりはしなかったし、それどころか指一本触れてこなかった。

やはり昨夜の自分のベッドでの態度が、椎名を引かせたのだと、玲は暗い気持ちになった。

これで終わりということなら、悲しいけれど仕方がない。ところが、その翌日から今まで以上に頻繁《ひんぱん》にメールがくるようになった。今日も椎名からの誘いで、仕事のあとに食事に行くことになっている。深夜のラジオ番組の生ゲストの仕事があるので、今夜は食事だけの誘いだったが。

椎名の考えていることがよくわからない。その行動に無理に理由をつけるなら、それが椎名の男としての責任感なのだろう。芸能人というと私生活はチャラいのではないかと色眼鏡で見がちだが、椎名の誠実な人柄《ひとがら》は短いつきあいの中でもよくわかった。椎名はその責任感から、一度自分から声をかけてつきあった相手を簡単に見捨てたりはできないのだ。

「ほら、またため息。もううざいからさっさと帰れよ」

山田から再びツッコミが入る。言われなくてもそうするところだった。玲は書き上がった報告書を閉じ、席を立った。

待ち合わせのカフェに、椎名はもう来ていた。玲を見つけて微笑《ほほえ》む顔は本当に嬉しそうに見える。このあとまだ仕事があるのに、合い間を縫《ぬ》って食事に誘ってくれるのが義務感からだけとは思えず、戸惑ってしまう。

「ごめんね、忙しいのに誘っちゃって」

「椎名くんこそ。このあとまだ仕事があるんでしょう」

「うん。でも玲さんの顔見たかったから」

優しい笑顔でそんなふうに言われたら、やっぱりふにゃっととろけてしまう。これが演技だというなら、一生欺《あざむ》かれ続《つづ》けてもいい。しかしそもそもなんのために玲を欺くのかが謎《なぞ》だけれど。

タクシーを拾って椎名が連れて行ってくれたのは、隠れ家《が》的な多国籍料理の店だった。仕事で一緒になった芸人に教えてもらって、いつか玲を連れて行きたいと思っていたのだと微笑んだ。

案内されたのは小さな個室で、人目を気にせず食事を楽しめた。料理はどれもおいしかった。今日は大橋《おおはし》と話す機会があって、また椎名の二冊目の本の話題が出た。それを椎名に話したかったけれど、この間、大橋の話題で不機嫌になったことを思うと、言い出せなかった。ひとたびタブーな話題を意識すると、どんな話を振ったらいいのかわからなくなって、つい黙りがちになってしまう。

それでも、玲は椎名とこうして一緒にいられるだけで嬉しかった。

帰りは歩いて駅に向かった。住宅街の一角にある店からは駅まで少し距離があり、椎名は「寒くない？」と心配してくれたが、少しでも長く椎名と歩けることが玲には嬉しかった。

駅からタクシーでラジオ局に向かうという椎名と、自販機の陰で別れを惜しんでいるときだった。

改札から出てきた見覚えのある男の姿に、玲の心臓が大きく跳ね上がった。すぐに視線を逸《そ》らしたが、男は玲に気付いたようだ。コートのポケットに手を入れたまま、ゆっくりと足音がこちらに近づいてくる。

「五十嵐《いがらし》くん？」

相手も思いがけない邂逅《かいこう》に驚いたような声を出した。

「久しぶりだね。こんなところで偶然会うなんて、運命的だな」

よく覚えている。あたりの柔らかい、少し甘い声。

運命という単語に、椎名が怪訝《けげん》な顔をしたのがわかった。

無視することもできず、玲は極力平静を装って、ビジネスライクな口調で返した。

「お久しぶりです。栗原《くりはら》さんがこちらに戻られていること、山田から聞きました」

「うん、今度飲もうって誘ったんだけど、それも聞いてくれてる？　五十嵐くんとは、またゆっくり話したいなって思ってたんだ」

もつれてこじれて、最後はひどい捨て台詞《ゼリフ》を浴びせて別れた相手に、こんなふうに親密げに声をかけられる神経が玲には理解できなかった。

かつては恋愛関係にあった男だ。いいところもあったはずなのに、そのベタベタと馴れ馴れしい口調から喚起《かんき》されるのは、思い出したくもない場面ばかりだった。

「山田が営業で伺《うかが》うと思いますので、またよろしくお願いします」

暗に個人的にゆっくり話すことなどないのだとほのめかし、椎名をタクシー乗り場の方へ促《うなが》した。

「待てよ」

栗原はやや強い調子で呼びとめてきた。

傍《かたわ》らの椎名と玲を、意味ありげな目で見比べる。帽子を目深《まぶか》にかぶっているせいで椎名の顔はよく見えないはずだが、栗原が何かよくないことを考えているのは、なんとなく察せられた。

「五十嵐くんの彼氏？」

栗原は椎名に向かってずけずけと訊《たず》ねた。

「なっ、何言ってるんですか」

割って入った玲を、椎名が片手で制する。

「そうです」

なんのためらいもなくそう答えるのを聞いて、心臓が縮《ちぢ》みあがった。幸い栗原は椎名の正体に気付いていないようだが、それにしたって迂闊《うかつ》すぎる。

「遅れちゃうよ。行こう」

椎名の腕を引いて、強引にタクシー乗り場に歩きだす。その背中に、栗原がぼそっと吐き捨てた。

「今度は随分《ずいぶん》若い男を咥《くわ》えこんでるんだな。さすが淫乱だけあるよな」

心臓がひやっとなる。

椎名が玲の手を振りほどいて振り返った。栗原はいやな笑いを浮かべて椎名に向かって言った。

「ドMの相手をするのも大変でしょう？　バイブで奥までかきまわしてとか懇願《こんがん》されたりしてさ」

頭の芯が冷えていく。そんなことを自分から栗原に懇願したことなんかない。だが、望むと望まざるとにかかわらず、そういういかがわしいやり方で何度も栗原の手でイかされたのは事実だった。

「あんた……」

食ってかかろうとした椎名を、玲は全身の力で引きとめ、無理矢理タクシー乗り場の方へと引っ張った。

椎名の剣幕に怖気《おじけ》づいたのか、存分に波風を立てて気が済んだのか、栗原はそれ以上は絡んで来ず、立ち去って行った。

「……今の人って、元カレ？」

栗原が曲がった通りの方に目を向けながら、椎名が平坦《へいたん》な声で訊ねてきた。今更誤魔化しても仕方がない。玲は小さく頷いた。

椎名の視線が、ゆっくりと玲の上に戻って来る。

「……玲さんって、ホントは淫乱なの？」

恋する相手から向けられるにはあまりにいたたまれない問いかけだった。

栗原を恨《うら》む気持ちはなかった。栗原とつきあったことも、淫乱なのも、すべては玲自身の責任であり、今バレなくてもいつかはバレていたことだ。いや、身体を重ねたときにすでに椎名は勘付いていて、今確信したということだろう。

何か言いかけた椎名の携帯が鳴りだした。画面を見て椎名はため息をつき、腕時計に視線を落とした。きっとマネージャーだろう。仕事に行く時間が迫《せま》っているに違いない。

「騙《だま》してごめんなさい」

……という表現が正しいのかどうかわからなかったが、玲は椎名の顔を見られないまま頭を下げ、踵《きびす》を返して駅の改札に逃げ込んだ。もちろん椎名は追ってこなかった。これから仕事に行かなくてはならないのだから。そうでなくても、追う気になどなれない展開だとは思うけれど。

部屋に帰りつくなり玲は服を脱ぎ捨て、冷え切った浴室で頭からシャワーを浴びた。どんなに洗い流しても、自分についた汚れは落ちない気がした。

ベッドに仰向《あおむ》けになって脱力すると、ドアの横の壁から、椎名が笑いかけてくれている。

椎名がこの部屋に来て、むなしいなくんのパッケージをバリバリと剝《む》いた挙句《あげく》、「つきあおう」と言ってくれた日が、何万光年のかなたに感じられた。

失恋を悲しもうにも、滑稽《こっけい》すぎて涙も出なかった。憧《あこが》れの人気芸能人との夢のような恋愛。そして淫乱がバレて嫌われるという冗談みたいなバッドエンド。おかしすぎて笑える。

椎名に抱かれた日から一週間もたっていないのに、それもまた遠い遠い日の出来事のようだ。あるいはあれは夢だったのかもしれない。

あの日の思い出を生きるよすがになどと考えたことすら笑えた。だって、思い出すこともできない。幸せすぎたから。つらくて、悲しくて、椎名の手や唇や、自分を穿《うが》った情熱を思い出すだけで、胸が張り裂けそうになる。

出ないはずだった涙が出てきて、笑ってしまう。玲はガバッとベッドから起き上がって、冷蔵庫へと突進した。缶ビールを取り出してその場で一気飲みする。もう何も考えたくない。いっそ消えてしまいたい。だが消えたら明日の仕事はどうなる、などと妙に現実的な心配をしてしまい、また笑ってしまう。玲は一人、生《なま》あたたかい冷蔵庫の側面に凭《もた》れて、泣いたり笑ったりしながらビールを飲んだ。

三缶ほどで眠気が訪れ、座ったままうつらうつらした。浅い眠りを中断したのは、インターホンの音だった。

開きづらい目を無理にこじ開けて、リビングの時計を見ると、午前三時前だった。およそ来客など考えられない時間だ。

無視していると、しばらくの間を置いて再びインターホンが鳴る。

恐怖を感じながら立ち上がり、覗きこんだモニターに映《うつ》っていたのは、椎名だった。

これは夢の続きだろうか。

「……椎名くん？」

『ごめん、寝てた？』

「どうしたの、こんな時間に」

『入れてくれる？』

どうやら夢ではないらしい。ふらふらと玄関に向かい、鍵《かぎ》を開けた。

椎名は別れたときと同じ格好で、玄関の前に立っていた。

「ごめんね、遅くに。仕事終わって、帰ろうと思ったんだけど、どうしても玲さんの顔が見
……顔、どうしたの？」

途中で怪訝そうに眉《まゆ》をひそめ、玲の顔を覗きこんでくる。

「え？」

「目、すごい腫《は》れてる」

そう言われて、ひどく泣きはらしていることに気付いた。

「あ……飲んで寝たから、むくんじゃったのかな」

気まずく誤魔化して椎名を中に招き入れ、リビングの床に体育座りする。椎名にはソファを

勧めたが、玲と同じように床に座った。

「どうしてもはっきりさせておきたいことがあるんだ」

いつになく真面目《まじめ》な顔で、椎名が言う。玲は身を固くした。別れ話だと思った。あのままフェードアウトでもいいのに、わざわざはっきり言いに来るところが、椎名の誠実な性格を物語っている。

すでに結論はわかっていたが、やっぱりはっきり言われる瞬間は恐怖だった。胸が壊れないように、玲は片手で心臓の上をぎゅっと押さえた。

椎名は舌先で唇を湿《しめ》すようにしてから、おもむろに口を開いた。

「玲さん、淫乱ってホントなの?」

思わず床につんのめりそうになる。今更《いまさら》そんなことを再確認しなくてもいいじゃないか。どうせ別れるんだから、淫乱かどうかなんてもう関係ないだろう。

だがあまりにも真剣な目で見つめてくるから、思わず玲も真顔で頷いてしまった。

椎名の表情がやや険《けわ》しくなる。自分がつきあっていた相手が淫乱野郎だと知って気分を害したのだとビクビクしつつ、だけどそっちが言わせたんじゃないかという理不尽さも感じて、腫れぼったい目を伏せる。

椎名はずいっと間合いを詰めてきた。

「じゃあ、」

じゃあお別れだね。勝手に台詞の先を想像して、玲はぎゅっと目を閉じた。だが椎名は全然違うことを言い出した。

「じゃあ、どうして俺の前では淫乱になってくれないの？」

「……は？」

相手の問いの意味がわからず、閉じていた目を開いて、椎名の顔を見上げる。

その表情をどう取ったのか、椎名はふっと陰《かげ》のある笑みを浮かべた。

「口止めされてるの？　じゃ、俺が言おうか。玲さんは人身御供《ごくう》なんでしょう？」

人身御供？　そういえばその古風な単語を、椎名は前にも呟いていた気がする。

「大橋さんに、俺を懐柔《かいじゅう》して原稿を書かせるようにって言われてるんでしょう？」

「……え？」

「とぼけなくてもいいよ。わかってる。玲さんは演技が下手《へた》だから全部バレてる。っていうか、大橋さんのコートを俺と会うのに着てくるなんて、ちょっと迂闊《うかつ》っていうか無神経だよね」

なんだろう。椎名の言っていることが全然理解できないのは、自分で思っている以上に酔《よ》っているってことなのだろうか。

「確かに大橋さんは魅力的な人だよね。玲さんが言いなりになっちゃう気持ちもわかる。逆に、いくら好きな人に頼まれたからって、好きでもない男にあれこれされても感じないっていうのもわかるし、」

「ちょ、ちょっと待ってよ」

玲は混乱しながら椎名の言葉を遮《さえぎ》った。

「椎名くん、あの、ごめん、何言ってるのかわかんないです。……淫乱な僕に嫌気がさして、別れ話をしに来たんじゃないの？」

椎名は「は？」という顔になった。

「そもそも、玲さんのどこが淫乱なの？　むしろ不感症かと思ってたんだけど。俺がキスしたり触ったりすると嫌そうにするし、この間初めて抱かせてくれたときだって、マグロ状態であんまり感じてくれないし、最後は嫌すぎたのか意識朦朧《もうろう》としちゃうし」

頭がくらくらした。つまり玲の必死の演技はちゃんと成立していたのだ。そして、とんだ誤解を招き、椎名を傷つけていた。

唖然《あぜん》とする玲を見て、椎名は皮肉っぽい笑みを浮かべた。

「大橋さんとのことは、正直、半信半疑だった。俺は大橋さんが好きだし、信頼してる。だから大橋さんが玲さんを利用してるなんて、考えたくなかった。でも、元カレの淫乱発言が本当なら、玲さんは我慢して俺とつきあってたってことだよね。それで確信したんだ。やっぱり裏で大橋さんが糸を引いてたんだって」

玲はぶんぶんかぶりを振った。あまりの迷推理に、どこからどう突っ込んだらいいのかわからない。しかもすべては玲が招いた誤解なのだ。

「ごめん、僕がバカだったから……」

椎名は、悲しいような優しいような顔で首を振った。

「好きな人の頼みを断れないって気持ちは、よくわかるよ」

「違うよ！　誤解なんだ。僕は大橋さんのことなんか全然好きじゃないからっ！」

思いっきり断言してしまってから、慌てて付け加える。

「いや、職場の先輩としては尊敬してるし好きだけど、椎名くんの想像は全部完全に誤解だから。僕は椎名くんのことが好きで、好きだから、好きすぎて、あの、あの……」

どこから説明していいのか混乱しすぎて、うまく言葉が出てこない。

「あの、僕は淫乱なんです！」

思わずマンション中に響き渡りそうな声で叫んでしまい、慌てて両手で口を塞《ふさ》ぐ。目を丸くしている椎名に、必死で説明する。

「いや、あの、栗原さんからずっとそう言われてて……」

傷つくことを恐れるあまり保身でいっぱいいっぱいになってしまい、椎名の気持ちにまったく配慮《はいりょ》がなかった自分の無神経さを、今更ながら思い知る。椎名を見当外れの疑心暗鬼に陥らせ、傷つけていたことを知り、玲は腹をくくって洗いざらい話した。

機能不全気味の栗原に、過激な行為を強《し》いられていたこと。感じると『淫乱』と罵られたこと。

「……やっぱり一発殴《なぐ》っておけばよかった」

憤《いきどお》ろしげに呟く椎名に、玲はかぶりを振ってみせた。

栗原一人を悪者にしてしまえば都合のいい大団円となるが、玲には自業自得の自覚があった。栗原との関係がずるずる続いた責任は、玲にもあった。人恋しさや偽善心《ぎぜんしん》、優柔不断さ。

「栗原さんと別れて、もう恋愛は懲《こ》り懲《ご》りだって思ったんだ。そもそも、ゲイだっていうだけで恋愛なんて狭《せま》き門で、しかも僕みたいにぱっとしない男を好きになってくれる人なんて二度と現れないだろうなって思ったし」

玲はそっと視線をあげた。真夜中まで仕事をしたあとでも、疲労の陰もない若く美しい椎名の顔を見つめる。

「そんな僕の身に、夢みたいなことが起こった。ずっと憧《あこが》れてた椎名くんと生で会えて、しかも信じられないことに『つきあって欲しい』って言われて……。椎名くんに嫌われたくなくて、淫乱だってバレないように、椎名くんに会う前には一人で抜きまくって、感じないように必死で演技してた。でも、この前、感じすぎて失神しちゃったから、あれでバレたかもってビクビクしてたんだ」

椎名の顔は、驚きを表現する絵文字のようになっている。そんな顔をしてもかっこいいから、どうしていいのかわからない。

「……マジで？」

「マジで」

「じゃ、大橋さんとのことは？」

「どうしてそんな誤解をしたのかわかんないけど、大橋さんとは本当に仕事の関係以外なにもないよ」

「でも、玲さんしょっちゅう大橋さんの話題を出すじゃん」

「それは緊張してうまく喋《しゃべ》れないときに、共通の知り合いの話なら会話が弾《はず》むかなって思っただけで」

玲がそう説明しても疑わしげに、椎名は形のいい眉をひそめる。

「だけどコートを取り換えっこする仲でしょう？」

「あれは、大橋さんが急遽長野《きゅうきょながの》に出張になったから、僕の厚手のコートを貸しただけです」

ありのままに説明すると、椎名はしばらく玲の目をじっと見つめて固まっていた。やがて玲の瞳になんの疚《やま》しいところもないのを見てとったのか、ぼそぼそと言った。

「なにそれ。俺、超恥ずかしい勘違いをしてたってこと？」

両手で頭を抱《かか》えて「うぉー」と唸《うな》る。

「俺が玲さんにひとめ惚《ぼ》れしたのを知って、原稿を書かせる餌《えさ》に玲さんを差し出してきたとか、どんだけ自分を過大評価してるんだろ、俺。しかも同じ自意識過剰《かじょう》プレイを二回も！」

「いや、大橋さんから、椎名くんの二冊目の話を振られたのは事実だし、僕もすっごく読みたいって思ってます。でも、それと椎名くんとのことは全然無関係だよ」

「うっわー、恥ずかしい。変な妄想《もうそう》繰り広げて拗《す》ねて、完全に中二病じゃん、俺！　玲さん、今度こそどん引いた？」

「まさか。だってそもそも、僕のせいで椎名くんが変な誤解をしちゃったんだし」

椎名は頭をかきむしるのをやめ、ふと真顔になって床に膝をつき、玲の方ににじり寄ってきた。

「玲さん、俺のこと好き？」

間近に見つめられて、心臓がコトコト揺れる。

「す、好き」

「こんなアホみたいな俺でも？」

「アホなんて。……もうこれ以上好きになれないくらい好きだったけど、今、もっと好きになりました」

正直に、率直に、気持ちを伝えると、椎名の顔にいつもの明るさが少し戻る。いたずらっぽい顔で更に身を乗り出して、たたみかけてくる。

「大橋さんより好き？」

「だから比較にならないって」

「作り話みたいにタイミングよく登場したあの元カレに『よりを戻そう。やっぱり五十嵐くんが必要なんだ』とか言われても、突っぱねてくれる？」

「もちろん」

「じゃ、今度セックスするときは、演技じゃなくて素の玲さんを見せてくれる？　……ちなみに今度って、今この場でって意味だけど」

唇が触れあうほどの距離で椎名が言う。口元は笑んでいるけれど、目は笑っていなかった。今、ここで。

玲はおどおどと視線をさ迷わせる。椎名が来るとは思っていなかったし、こんなことになるなんて予想もしていなかったから、今夜はもちろん事前に抜いたりしていない。言われるまでもなく、このコンディションで演技なんかできるはずがない。

玲はドキドキしながら、視線を椎名に戻した。どう答えれば上手く伝わるのかわからず、口をぱくぱくさせたあと、小声で囁いた。

「あの、よろしくお願いします」

椎名はふっと笑った。

「やっぱり面白《おもしろ》いね、玲さんって。大好きだよ」

くちづけられて、胸の中で何かが弾《はじ》けた。

仕事で疲れているはずなのに、あるいは疲れているからこそなのか、椎名の情熱はこの前よりも激しかった。

ベッドの上で窒息《ちっそく》しそうになるくらいキスされて、舌がじんじん痺《しび》れた。

くちづけを繰り返す間にパジャマを脱がされた。上着を脱いだだけの椎名の前で一方的に一糸まとわぬ姿にされるのが恥ずかしくて、無意識に自分の身体を隠そうとすると、椎名に両手を押さえつけられた。

「ダメだよ。素の玲さんを見せてくれる約束でしょ」

「……素って素っ裸っていう意味!?」

うろたえる玲に、椎名が噴き出した。

「どうしてそう、いちいち面白いんだよ。素っていうのは、演技じゃない玲さんっていうことだよ」

「演技じゃないよ。椎名くんの前でこんな格好になるのは、たとえ淫乱だって恥ずかしい」

隠そうとするのを初々《ういうい》しさを装った演技だなどと思われるのは心外で悲しくなる。

椎名の澄んだ瞳で見下ろされて、羞恥《しゅうち》で耳たぶが痛いほど火照《ほて》っていた。

「……あのさ、玲さんが自分を淫乱だって思うのは、元カレに言われたから?」

発端《ほったん》はそうだったから、玲は小さく頷いてみせた。

「人を傷つけて楽しむような人間の根拠《こんきょ》のない暴言なんて、真に受けるなよ」

椎名が言ってくれるようにすべてを栗原のせいにできたら、こんなに悩んだり引きずったりはしなかっただろう。

「根拠はあるよ。実際、栗原さんにいやらしい道具であれこれされて、僕は何度もイッたんだ。それって淫乱だからだよ」

椎名は口の中で栗原に何かぼそっと毒づいてから、玲にやさしく微笑みかけた。

「物理的刺激を与えられたら、誰だって感じるよ。なんなら、今度俺で試してみる？」

冗談めかしてそんなふうに言ってくれる椎名の優しさに、泣きたくなった。

「それだけじゃないんだ」

「なに？　気にしてることがあるなら、なんでも言ってよ」

言ったらきっと嫌われる。でも、言わずに黙っていたら、この後ろめたさはずっと胸の中にわだかまって、椎名との関係に暗い影を落とす気がした。

「……椎名くんに直接会う前から、ずっと椎名くんの妄想で抜いてた。今も。……ど淫乱すぎてひくでしょ？」

椎名は目を丸くした。

「どこが？　男子として超健全じゃん。しかも俺をおかずにしてくれたなんて、めっちゃ光栄」

嫌われることを覚悟した上でカミングアウトしたのに、心から嬉しそうに返されて拍子抜けしてしまう。

「ほ、本当に？　嫌じゃない？」

「全然。でも、今後は禁止ね」

さらっと返されて、一瞬上向いた気持ちがぐにゃっとしぼむ。やっぱり嫌だったんだ。

「これからは自分でしちゃダメだよ。玲さんをイかせていいのは生身の俺だけ。玲さん本人でもダメだからね」

与えられた甘い束縛《そくばく》に陶然となる。

「もうおしゃべりはおしまい。いつまでもお預けくわされるのはまっぴらだよ」

「あ……っ」

再びキスで唇を塞がれる。椎名の手が、玲の身体を優しくまさぐってくる。耳の下から首筋を愛撫《あいぶ》し、乳首の周りをくるくると撫《な》でる。突端を指先でいじられて、思わず腰が跳ねあがった。

「……っ」

無意識に声を殺そうとかみしめた唇を、舌先でペロッと舐《な》められた。

「声、我慢しないで」

「ふぁ……ん、ん……」

椎名の舌は、手の動きのあとを追うように、耳の下から首筋を辿《たど》り、乳首へと這《は》わされた。

「ひゃっ……」

その間に手のひらはわき腹を撫でてへそへと下り、すでに形を変え始めているものに添えられた。

「あ……っ」

「よかった。今日は感度がいいね」

「ふぁっ、あ……」

「かわいい、玲さんの声」

うっとり言われて、慌てて声を殺そうとしたら、中心をこねる指に軽く意地悪な力が込められた。

「ひゃ……っ」

「ダメだよ。ちゃんとかわいい声で、アンアン言ってくれなきゃ」

「かわいくなんかない。男の、低い声、なんか」

「それ、決めるのは俺だから。俺がかわいいって言ってるんだから、かわいいんだよ」

胸元で囁かれて、肌をくすぐる吐息に背筋が震えてしなる。

「玲さんが何を怖がってたのかはよくわかったけど、不安だったのは玲さんだけじゃないよ」

溢《あふ》れだしたもので玲をぬるぬるとこすりあげながら、椎名は言った。

「玲さん、キスもスキンシップも乗り気じゃないっぽかったから、ホントは俺のこと好きじゃないのかなって不安だった。俺から強引に迫られて、立場上断れないだけなのかなって、悩んだりもしたよ」

舐めるだけでは物足りないというように、椎名は玲の胸元を甘噛みしてくる。激しく求めてくれるそんな仕草と、切々と打ち明けられる言葉に、身も心もきゅうっとよじれる。

本当に、自分のことばっかりだったと思う。椎名のような完璧《かんぺき》な男が、自分のために不安になってくれていたなんて、想像もしなかった。

「俺が好きなら、もっと乱れてよ。淫乱なくらいが、俺は好きだよ?」

色っぽい声で、椎名が甘く囁いてくる。その声だけでイってしまいそうだった。

もう、くだらない心配はやめよう。淫乱すぎてどん引かれても構わない。全部でぶつかってくれた椎名のために、素の自分を見てもらおう。

心を決めて、自分を解放する。解放したつもりだった。

しかし自分でも驚いたことに、いざとなると淫乱にふさわしい言動がとれない。淫乱なくらいが好きだと言ってもらったのに、恥ずかしくて思いっきり叫んだり喘《あえ》いだりできない。

淫乱らしく、今しも爆発しそうな場所を椎名の手にこすりつけて腰を振ってみせなければと思ったが、恥ずかしいのと気持ちよすぎて怖いのとで、逆に椎名の手に爪を立ててその動きを阻《はば》もうとしてしまう。

「……どうしたの?」

「やっ、ダメ、」

「俺に触られるの、嫌なの?」

「違う、椎名くんの手、気持ちよすぎて怖い、恥ずかしい、出ちゃう……」

「うん、いいよ、出して」

「顔、見ないで……」

片手で快楽にとろけた顔を隠そうとすると、椎名がふっと笑った。

「玲さん、全然淫乱なんかじゃないじゃん。前の男に思い込まされただけだよ」

「違うよ、だって、僕……椎名くんに触られて、今、頭が変になるくらい感じてる」

「超嬉しいな。玲さんが俺で気持ち良くなってくれて」

「あ、あ、あ……」

まるでご褒美《ほうび》だというように、先端のなめらかな丸みを指先でぬるぬると撫でられて、強すぎる刺激に背筋がのけぞる。

「でも、それはごくノーマルな反応で、淫乱とは程遠いよ。玲さんは全然普通」

「……本当?」

「うん。でも、俺がこれから開発しちゃうけどね」

椎名は玲の性器を刺激する手を止めると、先走りに濡れた指先を後ろの窄《すぼ》まりに這わせた。

「っひゃ……」

思わぬ刺激にビクンとイきかけた性器の根元を、もう片方の手で縛《いまし》められる。

「ちょっと待ってて。一緒にイこ?」

玲の顔を見下ろして、椎名は舌先でぺろりと自分の唇を舐めた。欲情を露《あら》わにするようなその仕草に、玲の身体は更に熱を帯びる。

玲の後ろをじっくりとほぐしたあと、椎名はもどかしげに自分のボトムのファスナーを開き、すでに硬く勃《た》ちあがったものを取り出した。

じわっと先端を含まされたとたん、玲は限界を迎えて弾けてしまった。

「あ、あ……っ!!」

飛び散った体液が椎名の着衣を汚す。

「……っ、ごめんなさい、あの、我慢できなくて……」

射精の快感と罪悪感でしどろもどろに言う玲を見て、椎名は艶《つや》っぽく笑った。

「むしろ興奮する。玲さんにぶっかけられるなんて」

「なっ、なに言って……」

「変態すぎてどん引いた?」

ぐっと腰を押し進められながら訊ねられ、玲は喘ぎ喘ぎかぶりを振った。

「あ……んっ、僕の方が、全然、変態」

「だからさ、玲さんのは思いこまされただけだって」

「ち、違くて、かっこいい服を着たままの椎名くんが、ファスナーを開けてそこだけ出してるの見て、血管が切れそうなくらい、こっ、興奮した……」

椎名がぶっかけに興奮したなんて言うから、玲までつい言わずもがなのことを白状してしまう。

椎名は一瞬目を丸くして、それからふふっと笑った。

「マニアックだなぁ、玲さん」

「ご、ごめん、気持ち悪いこと言って」

「え、すげー嬉しいけど？　俺もこのシチュエーション超萌《も》える。全裸の玲さんを服着たまま組み敷くってさ」

その言葉が嘘ではない証拠とばかりに、玲の中で椎名がぐぐっと質量を増した。

「あ、や……」

「ごめん、ヤバいな、俺。興奮し過ぎで玲さんを壊しそう」

「ひゃっ、あ、あっ、はぁ……っ」

言葉通りやや手荒に腰を揺らされ、玲は思い切り声をあげてしまった。

椎名は玲の手首をつかんで、その手を自分の頬に押しあてた。

「ごめんね、ひどくしちゃうかもしんないけど、辛《つら》かったら俺のことひっぱたいていいよ」

玲はぶんぶんかぶりを振って、頬からはがした手をこわごわと椎名の首の後ろに回した。

この間そうすることができなかった分、ぎゅうっと椎名にしがみつく。

椎名はそれ以上の強さで玲を抱き寄せ、噛みつくように唇を重ねてきた。

もはや自分が淫乱なのかそうでもないのか判然としないが、少なくとも椎名に隠しごとはない。

こうしてありのままの自分を受け入れてもらえたことは、言葉にならないくらい幸せなことだった。

「玲さん、大好きだよ」

キスのあわいに囁かれて、背筋が飴《あめ》細工のようにきゅうっとよじれた。

「……っ僕も、好き、大好きです」

「あ、敬語。おしおき決定」

椎名はからかうように言葉尻をとらえ、ここぞとばかりに甘くなぶってくる。

「ひゃ、やっ、あ……っ」

玲は存分に甘い声をこぼし、椎名に導かれるままにとろける快楽に身を委《ゆだ》ねたのだった。

# 恋する臆病者たち

Koisuru
Chicken Tachi

# 1

「五十嵐《いがらし》の出したフェア企画、通りそうだぜ」

夕刻、外回りから戻ってきた玲《れい》に、山田が声をかけてきた。

「本当ですか?」

「ああ。さっき野村課長たちが話してた。最近絶好調だな、おまえ」

「あのフェアは、山田さんが最初のアイデアを出してくれたんじゃないですか。もし通ったら、山田さんのおかげです」

「なんだよ、口までうまくなって。もしかして女でもできたか?」

「いえ、あの……」

女じゃなくて男が、とも言えず、鞄《かばん》の中から書類を出しながらもごもご口ごもっていると、山田は身を乗り出して、玲の手元の注文書の束《たば》を覗《のぞ》きこんできた。

「これ、シリーズ全作入れてくれるの?」

「そうなんです。しつこく足を運んでお薦《すす》めし続けたら、熱意に負けたって言ってくださって」

山田は感慨《かんがい》深げに玲を見た。

「おまえが営業に配属されてきたときには、こいつ大丈夫かって心配になるレベルだったけど、よくもここまで成長したよなぁ」

「山田さんのおかげです」

「よしよし。フェアが本決まりになったら飲みに行こうぜ。おまえのおごりな」

談笑しながら、それぞれに今日の報告書を作成する。

おととい降った雪がまだそこかしこに残る街を、丸一日外回りに費やした玲はそれなりに疲れていたが、キーボードを叩く指先は軽く踊るようだった。

今日は二週間ぶりに椎名《しいな》と会える。バラエティ番組の海外ロケやドラマの撮影《さつえい》で、この半月は多忙を極《きわ》めていた椎名だが、明日の土曜に一日休みがとれ、玲はこのあと椎名の部屋に泊まりに行くことになっている。

元々仕事に関しては真面目《まじめ》に熱意を持って取り組んできたつもりだが、このところより力が入っているのは、山田の言う通り恋人の存在が大きいのかもしれない。

愛し愛される存在は、無限のパワーを与えてくれる。プライベートが充実していると、仕事も頑張れるものなのだと、最近とみに実感している。

不規則で多忙な毎日を送る椎名が、その不自由すら楽しんで仕事に邁進《まいしん》している姿を見ていると、玲も恥ずかしくない仕事をしたいと強く思う。

人気芸能人と弱小出版社の平《ひら》の営業部員とでは、頑張るといっても仕事の成果も影響力も雲《うん》泥《でい》の差だが、それはとるに足らないことだ。玲の毎日は充実してきらきらと輝いていた。

素早く報告書を書き終えた玲はそそくさとコートを羽織り、紗江《さえ》とのデートまでの時間つぶしにネットを眺《なが》めている山田に「お先に」と声をかけた。

山田は顔をあげて、にやりとした。

「そのマフラー、手編みか？　やっぱ原動力は彼女かよ。今度紹介しろよ」

山田の突っ込みに、えへへと曖昧《あいまい》に笑ってみせて、玲は職場をあとにした。

襟元《えりもと》を飾るからし色のマフラーは、かねてからの約束通り椎名がプレゼントしてくれたものだ。実用性以上のぬくもりを与えてくれるそのアイテムのおかげで、凍《い》てつく夜気も気にならない。

細い路地に入ると、玲は鼻歌交じりに縁石の上を歩き、電柱の周りに掻《か》き寄《よ》せられた凍った雪を革靴《かわぐつ》であえて踏みしめてみたりした。

そういえばこんなふうに雪の上を歩くのは何年ぶりのことだろう。

去年もおととしも、都内で何度か積雪はあったが、営業職の玲にとって、雪など厄介《やっかい》な代物《しろもの》でしか過ぎなかった。路肩に押しのけられた雪の上をわざわざ歩こうなんて考えるのは、犬か、小学生以下の子供か、恋で舞い上がった人間くらいのものだろう。

だが、玲は今の自分が案外嫌いではなかった。これまでただ漫然とやり過ごしていた季節に色がついていく、この不思議。吐《は》く息の白さも、排気ガスですすけた雪のザクザクいう感触も、すべてが新鮮でわくわくして、生きているのはなんて楽しいことだろうと思う。

やや調子にのりすぎて、椎名のマンションに着く頃には、革靴の中まで雪が入り込んで足が濡《ぬ》れてしまっていた。

椎名はまだ帰っていなかった。言われていた通り合鍵《あいかぎ》で中に入って待つことにする。大人げなさをちょっぴり反省しながら玄関先で濡れた靴下を脱いで洗面所に行き、手を洗うついでに靴下も洗わせてもらう。

ごしごしやっていると、玄関のドアが勢いよく開く音がした。

「ただいま！　玲さん、来てる？」

玄関から椎名の弾《はず》んだ声がした。

「お邪魔してます」

早かったなと嬉しく思いつつ、素足《すあし》の自分が恥ずかしくなる。いい歳をして何をやっているんだか。

ちょっときまり悪く思っていると、椎名が姿を見せた。

丈《たけ》の短いＰジャケットが、脚の長さを強調し、相変わらずかっこいいなぁと見惚《みと》れてしまう。

だが目を引いたのはその足元だ。玲と同じように素足で、手には靴下をぶら下げている。

「雪、まだ結構残ってるね。ショートブーツの中まで……」

そこまで言って、椎名は玲の足元に気付いたらしい。その視線はさらに洗濯中《せんたくちゅう》の手元に止まり、椎名は一瞬目を丸くして、そのあと噴き出した。

「玲さんもお仲間？」

「いや、あの、うっかり雪に靴をとられて」

「うっかりとられるような場所には、もう雪はないよね。あえて踏み込んでいかないと。かわいいなぁ、玲さんは」

ニヤニヤされて恥ずかしくなり、玲は反撃に出る。

「椎名くんだって一緒じゃないか」

「俺の場合、見るからにそういうことやりそうなおバカキャラでしょ？」

椎名は靴下を脱衣かごに放りながら、ふざけたポーズをとってみせる。二つ年下のイケメン芸能人は、その手入れの行き届いたルックスとおしゃれでカジュアルな装いのせいで、確かに雪山に突入しても絵になる茶目っ気がある。

椎名は玲の背後にまわり、濡れた靴下で手がふさがっている玲をぎゅっと抱きしめてきた。

「玲さんは一見そういうことしそうにないキャラだから、ギャップ萌《も》えだよね」

「そんな……」

「ストイックなスーツに身を包んだ、こんなクールビューティーなメガネさんが、子犬みたいに雪に突っ込んでいくなんてさ。かわいすぎだろっていう」

「かっ、かわいくないし、別に突っ込んで行ったわけでもないし。……確かに、ちょっと靴でザクザクやってはみたけど」

「ね！　ザクザクやりたくなるよね？　中野さんには大人げないって呆れられたけど、玲さんはやっぱり俺と気が合うなぁ」

後ろからぎゅうぎゅうハグされて、こめかみにチュッとキスされると、一気に脈拍があがった。鏡の中の自分の顔が一気に紅潮《こうちょう》していくのがわかる。

椎名は今日も全身からいい匂《にお》いをさせている。テレビのトーク番組で、イケメン俳優をゲストに迎えると、女性司会者がよく「いい匂いがします♡」なんてコメントしているが、本当に芸能人は芸能人の匂いがするのだと、いつも椎名と密着するたびに思う。

単純にいいフレグランスを使っているということなのだろうが、職場でも友人関係でも香水の類《たぐい》を使っている男が見当たらないせいか、椎名のいい匂いは余計にインパクトがある。

玲もフレグランスは使っていない。営業職だし本来の几帳面《きちょうめん》な性格もあって、清潔感には気を使っているが、丸一日営業で外を走り回ったあとでは、さすがに全身よれている。

「あー、二週間ぶりのナマ玲さん。ちょー癒《いや》されるー」

ぎゅうぎゅうとハグしてくる椎名に、玲は身を硬くして逃げ腰になる。

「あの、椎名くん、ちょっとシャワーをお借りしてもいいですか？」

「まだ敬語かよっていう」

失笑しながら頬にくちづけられて、ひゃっとなる。

「待ってよ、あの、きれいにしてから椎名くんと仲良くしたいです」

「じゃ、一緒にシャワー浴びよう」

椎名は抱擁《ほうよう》を解き、後ろから玲の上着に手をかけてくる。

「一緒はちょっと……」

「なんで？　いいじゃん」

「心の準備が……」

「シャワー浴びるのに、どんな準備がいるの？」

鏡の中の椎名はおかしそうな顔になり、それからちょっと意地悪そうに目を細めた。

「じゃあさ、二択ね。一緒にシャワーを浴びるのと、このままベッドに連行されるのと、どっちがいい？」

「え？」

「はい、選んで。さん、にー、いち」

「シャワーでっ！」

「はい、決まり」

済《な》し崩《くず》しにスーツをはぎ取られ、まるっと剝《む》かれて、浴室へと連れ込まれる。

真冬の冷えた浴室は、すぐにシャワーの湯で白くもっていった。寒さで粟立《あわだ》った肌《はだ》を、泡を纏《まと》った椎名の手が這《は》いまわる。

洗ってあげるね、と無邪気に言いながら、その手は明らかに洗う以外の意図を持って動き回る。

背後から回した手で両胸の突端にくるくると泡をこすりつけられ、玲は壁に手をついて必死で声を噛み殺した。

「気持ちいい?」

耳元で、椎名が甘く囁いてくる。

快楽を認めることに、まだ少し抵抗感がある。昔受けた心の傷は、いまでも玲を臆病《おくびょう》にさせていた。

そんな玲の心のうちを知ってか、椎名はやさしい愛撫《あいぶ》をくわえながら、かきくどくように囁《ささや》き続《つづ》ける。

「気持ちいいとこ、教えてくれると嬉しいな。玲さんが感じてくれると、俺もめちゃくちゃ興奮する」

椎名の指先が、胸の先をつまむように動く。ボディーソープのぬめりのせいで、そこはぬるぬるとすべって椎名の指先から逃げ回り、そのもどかしい感覚がより快感を生む。

「……それ、気持ちいいです」

玲は消え入りそうな声で訴《うった》えた。

「乳首《ちくび》? すごく硬くなってるね」

「あ……ふっ……んん……」

微妙な刺激でこねくりまわされて、腰が揺れてしまう。

「ここ触ったら、下も大きくなってきた」

まだ触れられていない部分が充血し始めていることを指摘されて、顔から火が出そうになる。

「……ごめんなさい」

いたたまれなくて思わず無意識に謝ってしまうと、咎《とが》めるように胸の先を強くつままれた。

「ひゃ……っ」

「なにがごめんなの？　意味がわかんないよ」

「あっ……あ……」

「俺もごめんって言った方がいい？　玲さんのおっぱいの先っぽ触ってるだけで、こんなになっちゃった件について」

尻《しり》にごりっと凶器のようなものを押しつけられて、玲はどぎまぎしながらかぶりを振った。

「……っ椎名くんが、僕なんかに欲情してくれるの、すごい嬉しい……あ、あ、……っ」

「なんかは余計だけど、俺もそう言ってもらえて嬉しいな」

椎名の指は胸から腹へと滑《すべ》り下《お》り、興奮を露《あら》わにした玲のものにからめられた。

「やっ……あ……」

「やじゃないよね？　ほら、気持ちいいでしょ？」

「あ……ん、……もちいい……っ」

「かわいいね、玲さん。いっぱい気持ち良くなって。ほら」

「あ、あっ、あ……」

ぬめぬめと上下に刺激をくわえられ、玲は身をのけぞらせて甘い声をあげた。

椎名に抱かれるたびに思う。信頼と愛情で結ばれた相手と愛し合うのは、なんて幸福なことなのだろう。感じたことを感じたままに伝えても、『淫乱《いんらん》』だなんて罵《ののし》られることもない。玲が感じると椎名はもっと興奮してくれて、いつもめためたに玲を愛してくれる。

「……っ……待って、待って……」

あやうく絶頂を極めそうになり、玲は椎名の手に爪をたててその淫猥《いんわい》な動きを制した。

「どうしたの？　痛かった？」

「違くて、あの、中で……」

「中？」

「椎名くんと一緒に、中で、いきたいです」

全身から発火するんじゃないかという羞恥《しゅうち》に苛《さいな》まれながら、願望を正直に口にしてみる。

一瞬、椎名が押し黙る。ひかせたかとびびったが、すぐに背後からぎゅっと抱きしめられた。

「うわ、もう俺、身体中の毛穴という毛穴から射精《しゃせい》するかと思った」

「なっ、なに言って……」

「挿《い》れていいの？　久しぶりだから、我慢できなくて激しくしちゃうかもよ？」

「……激しくされたいです」

「くっそー。マジで鼻血出そう」

椎名の指が玲の後ろのすぼまりに回り込み、性急にほぐしにかかる。

指を一本挿入《そうにゅう》されたとたんに、堪《こら》え切《き》れずに玲は甲高《かんだか》い喘《あえ》ぎ声《ごえ》をあげて達してしまった。

一緒にいきたいなどと言っておきながら、あまりにもあっけなく頂点を極めてしまい、粗相《そそう》をしてしまったような激しい羞恥に涙目になる。

「ご、ごめんなさい」

「だからそれ、謝るところじゃないって。俺に触られて気持ち良かったんでしょう？」

「……うん、すごく」

「めちゃくちゃ嬉しいし、興奮するよ。何度でもいかせてあげるから、覚悟しておいて」

後ろに指を入れたまま、椎名は今達したばかりの玲のものをもう一方の手の中に収める。

「あ、や、そんなことしたらまた……」

「うん、また気持ち良くなってよ」

後口《こうこう》をほぐしながら、リズミカルに前を刺激されると、性感はまたすぐに高まっていく。

徐々に馴らされ、三本目の指を挿入されるとすぐに、玲はその指を締めつけるようにわななき、また軽く達してしまった。

「はっ、あ、あ……っん……」

快楽に身を震わせているうちに、椎名の大きなものが体内に分け入ってきた。指と一番違うのは、それが椎名も性感を得る器官だということだ。そのことが、自分一人で感じるより何倍も玲をたまらない気持ちにさせる。

耳元で椎名の呼吸が荒くなる。首筋に唇を這わされ、思わず後ろを締めつけてしまうと、中で椎名がさらに硬くなるのがわかった。

二度も達したあとなのに、まだ上の快楽があるということが、玲を空恐ろしいような恍惚《こうこつ》に誘う。

「……っ、玲さんの中、すっげー。きつくて、やわらかくて、めちゃくちゃ気持ちいい」

淫蕩《いんとう》な声でささやかれて、背筋がしなった。

「あ、あ、あっ……っ」

脳が快楽に染められ、腰が勝手に動いてしまう。その動きに、ときに同調し、ときにわざとずらすように椎名に腰を使われて、玲は声が嗄《か》れ果《は》てるまで喘ぎ続けた。

射精するだけなら、一人でだってできる。でも、誰かと愛し合ってこそ生まれる充足感があることを、身をもって思い知る。

好きな人の前にすべてをさらしてそれを受け入れてもらえる幸せ。

そしてこんな自分でも相手を悦《よろこ》ばせることができると知る幸せ。

身体的快感に精神的な充足感が加わると無敵なのだと実感させられながら、玲は浴室の壁に爪をたてて、甘く椎名の名を呼び続けた。

腰が立たなくなった玲は椎名に抱きかかえられるようにして寝室に移動し、そのまましばらくベッドでうつらうつらした。

ふと目を覚ますと、すぐ目の前に椎名の顔があった。楽しそうに笑んで、じっとこちらを見ている。

玲は驚いて、ぱっと頭を起こした。

「ご、ごめん。寝ちゃった」

椎名は面白《おもしろ》そうに笑う。

「なんでまたごめんなの？　もう夜中だもん、寝て当然の時間だよ」

「いや、でも、椎名くんは起きてるし、なんかもうちょっと話とかしたかったのに……」

「ピロートーク的な？」

そういうのじゃなくて、と反論しかけて、いややっぱりそうなのかなと思う。一人で何度もイきまくって寝こけるなんて、情緒《じょうちょ》のかけらもない。もっと余韻《よいん》に浸《ひた》った会話を楽しみたかった。

「俺があんまりしつこくしたから、疲れちゃったんでしょう。ゆっくり寝てよ」

椎名はあくまでやさしく言って、羽根布団を玲の首元までひっぱりあげてくれる。

「……椎名くんのせいじゃないよ。僕があんまり乱れ過ぎたから……」

「乱れ過ぎたとか玲さんが言うと、ちょーエロいな」

子供を寝かしつけるようにぽんぽん布団の上から叩きながら、椎名が笑う。

「でも、あんなの乱れたうちに入んないでしょう？　俺はもっと玲さんをメロメロにしたいよ」

「しっ、死んじゃうよ！」

「死なないよ。徐々にエロ耐性をあげていけば大丈夫」

からかうように言って、椎名はとろける笑みを浮かべた。

「玲さんの寝顔を見てたら、なんかすごく幸せな気持ちになった」

「……よだれ垂《た》らしてなかった？」

気恥ずかしくなって自分で茶化す。

「ちょっとね」

「ホント？」

慌てて口元を拭うと、椎名は声をたてて笑った。

「冗談だよ。まあ玲さんはよだれを垂らしててもかわいいけどね」

玲はどちらかといえば疑心暗鬼で自分に自信を持てないタイプで、うぬぼれとは縁遠い人生を歩んできた。

だが、椎名が自分に寄せてくれる愛情に関しては、今では一片の疑いも持っていない。

平凡で面白みもない一介《いっかい》のサラリーマンを、どういうわけだか椎名は本気で愛してくれているのだ。

まだつきあいは短いが、その眼差《まなざ》しや言葉、身体を重ねるときの仕草や息遣《いきづか》いから、愛されていることをひしひしと感じた。

家族以外からこんなふうに大切なものとして扱《あつか》われるのは初めてのことで、身に余る光栄に戸惑《とまど》いながらも、玲はしみじみと幸せを感じていた。

「すっかり目が覚めちゃった？」

じっと見つめていると、椎名は玲を寝かしつける手を止めて、ベッドサイドの鞄に手をのばした。

「そういえばこれ、中野さんに頼んで揃《そろ》えてもらったんだけど」

膨《ふく》らんだ茶封筒からざらりとシーツの上に出てきたのは、しいなくんストラップ各種だった。

「わぁ」

「玲さん、全種類見てみたいって言ってくれてたから」

「すごい！　かわいいね」

玲はウキウキと六体のストラップを正面向きに並べた。うれしいなくん、たのしいなくん、りりしいなくん、おいしいなくん、さびしいなくん、はげしいなくん、の六種類。

「はげしいなくんってどんなだよって感じだね」

恐らくネーミングに詰まっての苦肉の策と思われる一体を笑いながらつまみあげると、椎名がそれを横からつついてきた。

「きっと今夜の俺みたいな奴《ヤツ》だね」

そんな冗談も、椎名が口にすると爽《さわ》やかにすら聞こえる。

「これ、頂《いただ》いてもいいの？」

「もちろんどうぞ」

「嬉しいな。家にあるむなしいなくんと合わせて七体で、七福神みたいだね」

椎名はちょっといたずらっぽい笑みをひらめかせる。

「実は、もう一体レアな奴がいるんだ」

「え、なに？」

「なんだと思う？」

「ええと……」

玲は『はげしいなくん』をぶらぶらさせながら眉根《まゆね》を寄せた。すでにこれが苦肉の策なくらいだし、ほかにどんな形容詞があったっけ？

「かまびすしいなくんとか？」

大真面目に答える玲に、椎名が噴き出す。

「なんだよ、それ。出版社の人の語彙力《ごいりょく》ってわけわかんないな」

「……うつくしいなくん?」

「光栄だけど不正解です」

「じゃ、はずかしいなくん?」

「あ、いいところついてる」

そう言われても、ほかにこれというのが浮かばない。玲が降参を表明すると、椎名はもったいぶって口を開いた。

「正解は、やらしいなくんです!」

「は? えっ、うわっ……ん……っ」

ガバッとのしかかってきた椎名に唇を奪われた。

「やらしいなくんは等身大で、玲さんの前にだけ出現するんだよ」

「……真剣に考えちゃったじゃないか」

「ごめんね、バカで」

「……嬉しいです。僕だけの特別バージョンだなんて」

「かわいいなぁ、玲さんは」

囁き合って再び唇を重ねる二人は、傍から見れば完全にバカップルと呼ばれるカテゴリーに分類されるのだろう。

うっとりするようなキスを与えられながら、玲はバカップル万歳! と思った。

愛ってすばらしい。病めるときも健《すこ》やかなるときも。この絆《きずな》さえあれば、どんな試練も容易《たやす》く乗り越えられる気がする。

## 2

その試練は、意外な早さでやってきた。

月曜日の朝、玲《れい》が出社すると、山田が隣席からスポーツ新聞を振ってみせた。

「五十嵐《いがらし》、これ見た？　やっぱ美男美女は絵になるよな」

紙面を飾っていたのは、椎名《しいな》と人気女優の熱愛記事だった。今、まさに椎名が撮影《さつえい》真っ只中《まただなか》のドラマで共演している、吉野ほのかという若い女優だ。

「ほのかちゃんってこのドラマで初めて見たけど、かわいいよな」

玲は山田からスポーツ紙を拝借《はいしゃく》して、じっくりと眺《なが》め入《い》った。熱愛の文字の下には、キャップを目深《まぶか》にかぶった椎名と、サングラスをかけた吉野ほのかのツーショット写真が載っている。

記事によると、二人は仲睦《なかむつ》まじくコンビニで買い物をしたあと、ほのかのマンションに入って行ったという。双方《そうほう》の事務所は「仲のいい友達の一人です」というお決まりのコメントを出している。

「最近の女優ってモデル出身の長身の子が多いけど、ウィキで調べたらほのかちゃんは百五十三センチなんだって。小柄《こがら》な女子っていいよな。こうすっぽり腕の中に収まりそうな感じで」

玲は自分と椎名の抱擁《ほうよう》を脳裏に描いてみた。椎名は百八十を超える長身だが、玲だって平均値程度はあるし、一応男の骨格なので、すっぽりという感じではない。

そうか。やっぱり椎名くんはこういうかわいい女の子が好きなのか。

椎名くんのためには、潔《いさぎよ》く身を引いた方がいいんだろうな。

と、かつての玲なら絶対に思ったはずだが、まるでそんな気持ちにはならなかった。

椎名との関係には、揺るぎない自信があった。こんな自分のどこを好きになってくれたのか定かではないが、とにかく椎名が自分を愛してくれていることに疑いの余地はない。

もちろん、それが永遠に続く保証はない。いつか椎名の気持ちが醒《さ》めるときがくるかもしれない。だが、そのときは椎名ははっきりそう告げてくれるだろう。椎名の誠実な人柄《ひとがら》は疑う余地もない。

「おまえがそんなにゴシップ好きとは知らなかったな」

山田に茶化されて、はっと我に返る。食い入るように記事を読んでいた自分に気付いて、玲は苦笑した。

「いや、ほら、一応面識のある人ですから」

「だよな。うちとも無関係じゃないし。この報道で、椎名貴博《たかひろ》のエッセイがさらに売れるといいな」

「ですね」

椎名を信じているといいながら、山田に笑われるほど記事を気にしている自分がちょっとおかしくなる。

信じているのも、気になるのも、どちらも本心だった。芸能界という華《はな》やかな世界にいれば、誘惑も多いだろう。椎名さえその気になれば、ハイグレードな交際相手もよりどりみどりに違いない。

そんな環境にありながら、椎名が自分を選んでくれたことを思うと、運命の奇蹟《きせき》にじんとした。

少しでも椎名にふさわしい人間になれるように努力しなければ。

今日も仕事を頑張るぞ、と、玲はパソコンを起動しながら自分に気合いを入れた。

椎名から電話がかかってきたのは、その日の昼休みも終わろうという時間だった。

メールのやりとりはあっても、就業時間中に電話をかけてくることは滅多《めった》にないので驚いた。

『玲さん？　ごめん、今仕事中？』

どこか切迫《せっぱく》したような椎名の声に、緊急事態でも起こったかとドキリとする。

「昼休みだから大丈夫です」

普段は昼食を挟《はさ》んで一日中外回りをしていることが多いが、今日は午後に編集部との部数会議があるため、馴染みの書店の店長と一緒にランチをしたあと、一旦《いったん》帰社していた。

「なにかあったの？」

怖々訊《たず》ねると、

『今、玲さんの職場の駐車場にいるんだけど、ちょっとだけ会えないかな？』

甘えるような声でせがまれた。

玲はすぐに社屋《しゃおく》の裏手の駐車場へと回った。見覚えのある黒いワンボックスカーのスライドドアが開き、後部座席から椎名が手招きした。玲は車内に滑《すべ》り込《こ》んで、ドアを閉めた。

「どうしたの？　中野さんは？」

「気をきかせて外してくれてる。ねえ玲さん、俺を信じて！」

いきなりぎゅっと手を握《にぎ》られて、玲は何ごとかと目を丸くした。

「信じるって……あ、もしかして例の熱愛報道？」

「やっぱ見たよね？」

椎名はため息をついた。

「事前にわかってたら、ちゃんと話しておいたんだけど、不意打ちだったから、俺もビビった」

椎名は懇願《こんがん》するように玲を見つめてきた。

「あれ、ガセだから。いや、撮影の合間にコンビニに行ったのは本当だけど、中野さんとか、ほかの共演者も一緒だったんだよ。吉野さんのマンションに行ったのは、彼女が俺の台本を間違えて持ち帰っちゃって、それを受け取りに寄っただけなんだ。俺は玄関ホールで待ってて、そのときも中野さんが一緒だったんだよ。あー、中野さんにも証言してもらえばよかったな。どこまで行っちゃったんだろう、あの人」

ひといきに状況を説明する椎名に、玲はふと初対面のときの自分を思い出した。ひどく舞い上がって、息もつかずに椎名の本の感想を並べ立てた。

椎名も今、相当舞い上がっているのだろうか。

「あの、椎名くん」

「その顔、もしかして信じてない？　本当に俺には疾《やま》しいことは何ひとつないよ？　お願いだから信じて！　俺は玲さん一筋だから！」

椎名の必死さに、玲は思わず微笑《ほほえ》ましい気持ちになった。

きっと忙しい仕事の移動中に、マネージャーに無理をいってここに寄ってもらったのだろう。あの椎名貴博が、玲ごときに身の潔白を証明するためにこんなに必死になっているのかと思ったら、感激して涙ぐみそうになってしまった。

思わずメガネをずらして目頭《めがしら》をおさえる玲に、椎名は飛びあがらんばかりに動揺している。

「玲さん？　泣いてるの？　ねえ、俺は本当に本当に玲さんのことしか見てないよ？」

「泣いてないよ。感動してるんだ。椎名くんがそんなに一生懸命になってくれていることに」

玲は椎名の手を握り返した。

「最初から、微塵《みじん》も疑ってなんかないよ。椎名くんのこと、信じてるから」

「玲さん」

「だからそんなに必死にならなくても大丈夫」

「だってすげー心配だったんだ。玲さん、自分でネガティブだって言ってたじゃん？　こんな記事見たら、俺のこと浮気男って思うかもしれないし、勝手に身をひこうとか変なこと思うんじゃないかって」

「確かに女優さんのかわいさには太刀打《たちう》ちできないから、記事が本当だったら身をひくしかないかもしれないけど」

「本当じゃないから！」

「うん、わかってる。椎名くんとの絆《きずな》は固いって信じてます」

「本当に？」

「もちろん」

「よかったー」

椎名はほっと肩の力を抜いた。

「心配なんだ。ほら、こういう仕事って浮《うわ》ついて見られがちでしょ？　玲さんにそう思われちゃったらやだなって」

誘惑の多い世界なんだろうなとは、さっきちょっと考えた。椎名が働く世界を、そんなふうに先入観を持ってとらえてしまったことが、申し訳なくなる。

「確かに僕はネガティブだし、芸能界のこともよくわからないけど、椎名くんとの関係に関しては、なにも疑ってないです」

玲が心をこめて気持ちを伝えると、椎名はやっといつもの陽気な笑顔になった。

「ありがとう、玲さん」

椎名は身を捩《よじ》って、玲に覆《おお》いかぶさってきた。あっと思ったときには唇が重なり、情熱的なキスを与えられた。

「……っ、ん……」

こんなところでマズいとは思ったが、二人の絆を確かめ合った上でのキスは甘く、押し戻そうと椎名の胸に当てた手で、思わずすがりついてしまう。

そのとき、不意に運転席のドアが開いた。心臓が止まるほどびっくりして、玲は椎名の身体を押しやった。

マネージャーの中野が乗り込み、ドアを閉ざすのが見えた。ルームミラーごしに冷ややかな一瞥《いちべつ》が向けられる。

「昼日中のカーセックスはさすがにいただけないわ」

衝撃の単語に玲は羞恥《しゅうち》で竦《すく》み上《あ》がったが、椎名は「まだキスしかしてませーん」と平然と開き直った。

「その様子だと、身の潔白は信じてもらえたみたいね」

中野は玲を振り返って、淡々と説明した。

「椎名からお聞きおよびかもしれませんが、記事に出ているコンビニとマンションは、どちらも私が同行しています。あれはすべてでっちあげです」

同性の恋人という立場で、しかもキスシーンまで目撃され、中野の前でどんな顔をしたらいいのかわからないまま、玲は「ありがとうございます」ともごもごお礼を言った。

「吉野さんの事務所が、知名度アップの話題づくりで仕組んだことだと思います」

付け加えられたひとことに、椎名が穏やかな声で反論した。

「そこはまだ証拠もないし、声高に言うのはやめましょうよ」

「ほぼ黒よ」

「疑わしきは罰《ばっ》せず、です」

知名度アップにわざわざ恋愛がらみのネタを事務所自ら仕組むなんて、すごい世界だなと思う。

話題づくりの信憑性《しんぴょうせい》はともかく、椎名がそのことを言い訳に持ちださなかったことで、玲はますます椎名の人柄に尊敬の念を抱《いだ》いた。

「じゃ、すみません。椎名はこのあとロケ現場に向かうので」

中野にやんわり退場を命じられ、玲は慌ててドアに手をのばした。

「すみません、お邪魔しました」

「仕事中にごめんね、玲さん。愛してるよ」

中野の目も憚《はばか》らず椎名は玲の頬にチュッとキスしてきた。見て見ぬふりで落ちつき払っている中野の態度が余計に恥ずかしさを煽《あお》り、玲は転げ落ちるように車から降りた。

走りだした車のスモークのかかった窓が半分開いて、椎名が子供のように手を振る。玲も負けずに振り返していると、背後からポンと肩を叩かれた。

「わっ」

「寸暇《すんか》を惜しんで逢瀬《おうせ》を楽しんでる図？　若いっていいね」

今日もダンディなジャケットがよく似合う大橋が、茶化し顔で立っていた。

「い、いえ、あの、ちょっとした用事があって」

「『スポーツ周知』の熱愛報道の弁明にでも来たのかな？」

いきなり言いあてられて、たじたじとなる。そんな玲の顔を見て、大橋はにやりとした。

「椎名くんはきみにぞっこんみたいだから、誤解は早急に解《と》きたかったんだろうね。この間、新作の件で打診の電話をしたときも、きみの話ばっかりしてたよ」

「それは共通の知り合いだから、話題にしやすいだけだと思います」

自分も大橋を度々《たびたび》会話のきっかけに使わせてもらったことを思い出しながら言う。玲の場合、それで椎名にいらぬ誤解を与えてしまったが。

「そんな感じじゃなかったよ。五十嵐くんに手を出すなってしつこく何度も釘《くぎ》を刺されて辟易《へきえき》したよ」

からかわれて顔が熱くなる。

「すみません」

「いやぁ、微笑ましいね。椎名くんとは長いつきあいだけど、彼があんなふうに誰かに夢中になるところは初めて見たよ」

冷やかしは気恥ずかしくもあり、むずむずと嬉しくもあった。

「相手が人気俳優じゃ心配も尽きないと思うけど、彼は信頼できる男だよ。七年のつきあいの僕が保証する」

「……ありがとうございます」

「ところで、そろそろ会議室までご足労いただけるかな」

大橋が指先でトントンと腕時計の文字盤《ばん》を叩く。

「わ、すみません！」

玲は慌てて裏口に飛びつき、大橋のためにドアを開けた。

「ありがとう。きみと椎名くんのことは心から応援しているけど、部数会議は遠慮《えんりょ》なくいかせてもらうよ」

「こちらこそ、よろしくお願いします」

大橋の半歩後ろを歩きながら、玲は仕事への意欲と幸福感に満《み》ち溢《あふ》れていた。

雨降って地固まるではないが、熱愛報道のおかげで、椎名との絆はさらに確かなものになった。そのうえ、椎名のマネージャーと玲の大先輩である大橋も、二人の関係を黙認もしくは祝福して、力になってくれている。

盤石《ばんじゃく》とはまさにこういう状態をいうのだろう。二十七年の人生で、これほど強固な愛を手に入れたのは初めてだった。

なにがあっても、椎名との関係は絶対に揺るがない。

このときは、疑いもなくそう信じていた。

## 3

玲《れい》が企画したフェアが本決まりになったのはその一週間後のことで、その日のうちに山田が飲みに誘ってくれた。

「山田さん、明日朝イチの新幹線で出張でしたよね。飲んでて大丈夫なんですか?」

「ちょっとくらい平気だよ。かわいい後輩の祝いなんだから」

やさしい先輩の心遣《こころづか》いに感謝しつつ、それぞれの仕事を終えた七時過ぎ、肩を並べて職場をあとにした。

仕事帰りの飲み会でよく使うダイニングバーに足を踏み入れながら、山田は携帯の画面を覗《のぞ》きこみ、こともなげに言った。

「お。栗原《くりはら》さんも合流するって」

「え？」

思いがけない名前に、玲は思わず足を止めた。

「栗原さんの店、今日休みだから、さっき試しにメールしてみたんだ。何度も三人で飲もうって誘われてたからさ。もう近くにいるって」

「それは……」

たじろぐ玲を見て、山田は噴き出した。

「そんな怯《おび》えた顔しなくても、三人分の支払いを押し付けたりしないって」

「いや、あの」

「この前、おまえのおごりって言ったから、一人増えてビビってるんだろ？　大丈夫、今日はおまえの祝いなんだから、俺がおごってやるよ」

そういうことではないのだが、なんと言えばいいのか。玲と栗原の因縁《いんねん》を山田は知らない。詳細《しょうさい》を説明するのも憚《はばか》られる。

「すみません、ちょっと一件電話してもいいですか？」

「ああ。俺、席取っておくから」

店内に消える山田の背中を見送って、玲はそそくさと椎名に電話をかけた。思わぬなりゆきで元カレと飲むことになってしまったことを、事前にきちんと椎名に報告しておきたかった。

案の定《じょう》、椎名は仕事中らしく携帯の呼び出し音に応答はなかった。ならばメールでと思った矢先。

「こんばんは」

馴染みのある声がして、玲は携帯を取り落としそうになった。落下を防ごうとのばした手に、レザーの手袋をした大きな手が重なる。

「大丈夫?」

三十九歳という実年齢よりかなり若く見える栗原の感じよく整った顔が、間近から微笑《ほほえ》みかけてくる。

「……っ、こんばんは」

吐《は》く息が凍るほど冷えた路上で、どっと汗が噴き出した。

「今日はお誘いありがとう」

「いえ……」

僕が誘ったわけではないです、と言いたい気持ちと、余計な会話をしたくない気持ちがせめぎ合う。

「山田が中で待ってます」

玲は自動ドアの前で立ち止まり、栗原を先に中へと促《うなが》した。

ただ一人状況をわかっていない山田は、屈託《くったく》のない笑顔で栗原を歓迎した。

「お休みの日に声かけちゃって、大丈夫でしたか？」

「いやいや、嬉しかったですよ。ちょうど買い物で近くまで来ていたところだし」

山田が何も知らないのは、ある意味幸いだった。山田が気さくに話を振ってくれるおかげで、玲は二人の会話に適当に相槌《あいづち》を打ったり、頷いたりしていれば済んだ。

栗原も、玲が気まずさを覚えるような言動はとらなかった。普通にしていれば、栗原はいかにも穏やかで人当たりのいい紳士に見える。容姿も平均以上に整っているし、接客業だけあって身ぎれいで、老若男女誰からも好感をもたれるタイプだ。

玲だって、昔は栗原に好感を持っていた。その裏側の顔を知るまでは。

最初は仕事がらみの話題が主だったが、アルコールが入るにつれてくだけた雰囲気《ふんいき》になり、あれこれ雑談を交えて盛り上がった。

「栗原さんは楽しいお酒でいいですね」

そう山田が言う通り、確かに栗原は楽しそうだった。だが深くつきあった経験のある玲の目から見ると、その楽しさは陽気の度を超していて、やや情緒不安定気味に見えた。グラスを干《ほ》すピッチが早すぎるのも気になった。

そろそろお開きという頃には、栗原はまっすぐ歩くのもままならないような状態だった。支払いを済ませた山田が、心配げに栗原を覗きこむ。

「栗原さん？　大丈夫ですか？」

「ノープロブレムです」

そう答える口調が噛み噛みだった。

山田は腕時計に視線を落とし、おもねるように玲を見た。

「俺だけ方向逆だから、栗原さんのことお願いしてもいい？」

そう言って釣り銭から千円札二枚を抜き出し、玲のコートのポケットに差し込んでくる。

それは勘弁してください！　と言いたいところだが、山田が明日早いのも知っているし、本人の前で送りたくない理由をぶちまけるほど大人げなくもなれなかった。

山田が捕まえてくれたタクシーに乗り、泥酔《でいすい》状態でうつらうつらしている栗原を自宅まで送り届けた。

栗原を降ろしたらそのままタクシーで駅に引き返してもらうつもりだったが、自力歩行も危うい相手をさすがに路肩に放置して帰るわけにもいかない。

渋々タクシーを降り、手を貸してマンションのエレベーターにのせ、部屋の前まで連れて行った。

「じゃ、おやすみなさい」

今度こそ辞去しようとしたが、栗原はドアの前にへたりこんで、えずき始めた。

「わー、そんなところで吐いちゃだめです！」

慌てて栗原の手からキーを奪い取って玄関を開け、中へと担《かつ》ぎこむ。靴《くつ》を脱がせてやっとの思いでトイレに引きずりこんだときには、汗だくだった。

何かあってはいけないので、洗面所の扉の前で少し様子を窺《うかが》うことにした。しばらくすると栗原はトイレから出てきて、洗面所で口をすすいでいる音が聞こえた。どうやら意識もはっきりとしたらしい。

「大丈夫ですか？　早めに休んでくださいね」

ドア越しに声をかけ、玲は玄関に向かった。

そのとき、勢いよく洗面所のドアが開いた。背後から大股《おおまた》な足音が近づいてきて、すごい力で腕を引っ張られた。

「うわっ」

バランスを崩して後ろに倒れそうになったところを、そのまま寝室に引っ張り込まれ、床に押し倒された。

すぐに起き上がろうとした玲の太腿《ふともも》に栗原が跨《またが》って、両肩を押さえつけてきた。血走った目で間近に見おろされて、恐怖に心臓が縮《ちぢ》みあがった。

「こんなところにのこのこあがりこんで、本当はまだ俺に未練があるんだろう？」

もしも玲が、かつての心の傷を引きずったまま今も一人でいたら、この狂気をはらんだ男の目に呑《の》まれていたかもしれない。

だが今は、純粋《じゅんすい》な恐怖以外に一切心が揺れたりはしなかった。単純に怖すぎて、こういう勘違いな妄想《もうそう》に曲をつけてネタにしている芸人がいなかったっけ？　などと逆に緊張感のないことを考えてしまったりした。

「あの若そうなカレシじゃ物足りなくなったんだろ？　また昔みたいに、二人で楽しもうよ」

栗原の顔が、徐々に近づいてくる。

玲は咄嗟《とっさ》に胸ポケットからボールペンを抜き出して芯を出し、顔の前でナイフのように逆手《さかて》に構えた。

「どいてください」

「……何の真似だよ」

「今すぐ、僕の上からどいてください」

「もったいつけるほどの身体か？　いじくりまわされてヒーヒー喜ぶ淫乱《いんらん》のくせに」

こんなふうに始終侮蔑《ぶべつ》の言葉を投げつけられていた日々を思い出す。

もったいつける価値などないと、ずっと思っていた。男に抱かれたい自分は淫乱の変態で、拒《こば》む権利などないのだと。

けれど今は違う。自分のことを大切にしてくれる椎名のために、この身を傷つけるものと戦う義務が、玲にはある。蔑《さげす》まれておめおめと屈《くっ》するのは、椎名に対する侮辱《ぶじょく》だと思った。

「僕が淫乱だろうとなんだろうと、それはもうあなたとは一切関係ないことです。あなたとの関係は、三年前に終わっていますから」

「そんな怖い顔するなよ」

あやすように頬に手がのびてくる。

「触るな！」

自分でもびっくりするような声が出た。あっけにとられる栗原を玲は下から睨《にら》みあげ、ボールペンを握《にぎ》る手に力を込めた。

縛《しば》ったり叩いたりする趣味もあった栗原が、暴力的な行為をしかけてくることがあれば、本気で応戦するつもりだった。ボールペンという陳腐な武器だが、二十代の男が本気で振りおろせば、それなりのダメージは与えられるだろう。

玲の気迫に気圧《けお》されたのか、栗原は頬にのばしかけていた手を引っ込めた。やがてひとつため息をついて、玲の上からおりた。

「つけいる隙《すき》もなし、か」

「失礼します」

起き上がって帰ろうとすると、栗原は玲の足にすがりついてきた。再びボールペンをふりかざすと、

「違う違う」

栗原は両手を挙げて降参のポーズを取った。

「ごめん、違うんだ。こんなことをするつもりはなかった。きみに会えることがあったら、相談に乗って欲しいと思っていたのに、この間も、今日も、きみのつれない顔を見たらつい頭に血がのぼってしまって。欲求不満もたまってたし……」

言い訳を並べたあと、栗原は頭をかかえた。

「実は今、つきあっている相手がいるんだ」

思わぬ告白に「は？」となる。

「つきあってる人がいるのに、僕にああいうことをするって、なんなんですか」

「うまくいってないんだ。もうダメかもしれない」

弱り切った声で言われて、玲はそろそろと警戒を解き、栗原の傍《かたわ》らに屈《かが》んだ。

「どういうことですか？」

「……きみとつきあっていたときと似てる。最初は順調だったんだ。でも、最近避けられてる気がして」

玲はちょっと考えてから口を開いた。

「僕にしていたようなことを、してませんか？　その、つまり、変な器具を相手の了承を得ないで使ったり、行為の最中に相手を罵倒《ばとう》したり」

「でも、向こうはそれでちゃんと感じてるんだよ？　それはつまりそういうのが好きっていうことだろう？」

玲はメガネのテンプルに指先をあてて、考え込んだ。思い出したくはないけれど、栗原に淫《いん》靡《び》な器具で弄《もてあそ》ばれて射精《しゃせい》したことは何度もある。だがそういうことが好きだったかと訊《き》かれたら、答えあぐねる。性的な快感と気持ちの充溢《じゅういつ》にはずれがある。

「物理的刺激で快楽を得たからといって、必ずしもそれが好きだというわけじゃないと思います」

つきあっていたときにははっきり訊《き》くこともなくうやむやにしていたことを、今第三者の立場で玲は訊ねてみた。

「栗原さんのああいう一面って、いわゆる性的嗜好《しこう》なんですか？　それとも憂《う》さ晴《ば》らしのＤＶ的なもの？」

栗原はちょっと考えこんだ。

「憂さ晴らしなんてつもりはないけど、……でも、自分が機能しづらくてイライラしてあたっていたところがないとは言えないかな」

「そういう機能的な問題はちゃんと病院で相談した方がいいし、ＤＶの気があるなら、カウンセリングを受けた方がいいと思うんです。栗原さん自身のために」

目の前でしゅんと膝を抱《かか》える男に、玲は言葉を選んで伝える。

「性的嗜好だっていうなら、その、そういうのは人それぞれだから、他人がとやかく言うことじゃないと思います。ただ、そこはやっぱりパートナーとちゃんと話し合う必要があるし、理解してくれたり、同じ嗜好だったりする人としか、分かち合っちゃいけないことだと思うんです」

栗原はアルコールで充血した目で、眩《まぶ》しそうに玲を見た。

「なんだかきみは別人みたいだね。前はもっと頼りなかったのに」

「そうですか？　まあ、僕も三つ歳をとりましたから」

「きみは、僕とのセックスが嫌だった？」

あんなに感じていたくせに、と言われてしまえば、返す言葉もない。それでも玲は、正直な気持ちを口にした。

「道具でいたぶられたり、淫乱呼ばわりされて、嬉しいと思ったことは一度もありませんでした」

「きみは毎回かわいい声をあげてイくから、てっきり喜んでくれているんだと思ってたよ」

案の定《じょう》、想像通りのことを言われてしまったが、その言葉に侮蔑の響きはまるでなく、純粋《じゅんすい》に思いもよらないことを言われたという口調だった。

玲が何に失望して離れて行ったのか、わかっていなかった様子の栗原に、思わず脱力してしまう。

ふと脳裏をよぎったのは、「善人尚《なお》もて往生《おうじょう》をとぐ」という、あの有名なフレーズだった。栗原が悪人だと決めつけるわけではないし、本来の意味の解釈《かいしゃく》とも違うけれど、椎名のようにその存在そのものが万人に愛される人間もいれば、自分のどこが悪かったのかわからないまま悪役呼ばわりされてしまう人間もいる。

そう思えば、理不尽に乱暴なことをしてきた栗原を憎《にく》む気持ちも薄れてしまう。栗原は栗原で、自分の性格や性癖《せいへき》を持て余しているのかもしれない。

「五十嵐《いがらし》くんと話して、少し気が楽になったよ。今度、交際相手とちゃんと話をしてみるよ」

潤《うる》んだ目で、栗原はそう誓《ちか》った。

結果的にはいい方向に行ったのではないかと胸を撫《な》で下《お》ろし、玲は立ち上がった。

「ちょっと待って！」

しかし再び呼び止められ、玲は身を硬くした。

「お願いがあるんだ。目につくところにこういうのがあると、また頭に血がのぼったときに使っちゃいそうだから、処分してもらえないかな」

ガサガサと押し付けられた大きな紙袋の中を覗いて、玲はふらっとめまいを覚えた。中身はロープや手錠《てじょう》、ローソクにバイブレーターなど、Sっ気たっぷりなアダルトグッズの数々だった。

こんなものを押しつけられても困る。しかし目を潤ませて更生《こうせい》を誓う相手を無下《むげ》にもできず、また酔った栗原とこれ以上あれこれ言い合っても埒《らち》が明かないと思い、玲は渋々それらを処分する役目を引き受けて、栗原の部屋をあとにした。

まだ終電に間に合う時間だったが、皓々《こうこう》と明るい電車にこんなものを抱えて乗るのも躊躇《ためら》われ、タクシーで帰宅した。

道中、どこかのゴミ箱にでも捨てさせてもらおうかと思ったが、もえるゴミなのか、もえないゴミなのか、いや、いっそ萌《も》えるゴミか？　などと軽い酔いと栗原の部屋での衝撃《しょうげき》を引きずって頭がこんがらがり、結局捨て場もないまま持ち帰ってしまった。

とりあえずリビングの片隅に紙袋をおろし、あとで処分方法を検討しようなどと考えているところに、携帯が着信音を響かせた。ディスプレイに椎名の名前が表示されている。

『もしもし玲さん？　ごめんね、さっき電話に出れなくて』

低く甘い椎名の声に、疲れた脳が一気に癒《いや》される。

「こっちこそ、仕事中にかけちゃってごめんね」

『なにか急用だった？』

「それがね、」

一部始終を語ろうとして、ふとためらう。

玲には疚《やま》しいところはひとつもないし、話してしまった方がすっきりする。

だが、言われた椎名はどう感じるだろう。飲み会までならともかく、栗原を家まで送るはめになって襲われかけ、挙句《あげく》の果てにアダルトグッズをお持ち帰りさせられたことなど、バカ正直に語られても、いい気持ちがするはずがない。自分がすっきりしたいばかりに、椎名を不快にさせるのは、本末転倒ではないだろうか。

今日の一件で栗原とのことはきれいさっぱり片付いたし、お互いもう一切引きずるものはないとわかった。ならばもうこの件はこれで終わり。仕事で疲れている椎名にわざわざ伝えて嫌な気分にさせることはないだろう。

『玲さん？』

「あ、うん、あのね、実は僕が提案したフェア企画に、ゴーサインが出たんだ。それで椎名くんに報告したくて」

『マジ？　すごいじゃん！　お祝いしなくちゃ！』

「お祝いは今日山田さんがしてくれたから」

うっかり口を滑《すべ》らせると、椎名が電話の向こうで「えー」と不服そうな声を出した。

『先輩と二人で盛り上がって、俺は仲間はずれかよ』

二人ではなかったことに微妙に気が咎《とが》める。

「そんなんじゃなくて、フェアのアイデアは山田さんが出してくれたから」

『じゃ、俺と二次会しようよ。玲さんの喜びは俺の喜びなんだから、祝わせてよ』

そんなふうに言ってくれる椎名の気持ちが嬉しくて、気分が一気に和《なご》む。

「ありがとう」

『あー、今すぐ玲さんちに突撃したいなー』

「僕も突撃されたいけど、明日も忙しいんでしょう？」

『そうなんだ。夜明け撮りのロケで、三時集合』

「え、本当に？　じゃあ早く寝なきゃ！」

『うん。でもその分、早く上がれる予定だから、終わったら連絡するね』

「待ってる」

『玲さん』

「はい？」

『愛してるよ』

多くのファンを虜《とりこ》にする魅力的な声で囁《ささや》かれて、カーッとみぞおちのあたりが熱くなる。

「ありがとう。あの、僕も大好きです」

無邪気に愛の言葉を交わし合い、名残惜しく通話を切った。

部屋の隅に置かれた紙袋が、別世界のもののように見えた。

栗原も幸せになればいいなと思うのは偽善《ぎぜん》だろうか。でも、今確かな幸せを手にした玲は、かつて気まずく別れた相手の幸せさえ祈りたいほど、満ち足りた気分だった。

# 4

椎名《しいな》が突然玲《れい》の職場に顔を出したのは、電話で話した翌日の退社時間近くだった。玲はファックスで届いた担当書店からの注文書をチェックして、欄外《らんがい》に書きこまれた質問事項に関して、返信メールを書いているところだった。

突然の訪問にざわつく営業部員たちに礼儀正しく挨拶《あいさつ》をして、椎名は満面の笑みで玲のデスクに歩み寄ってきた。

「驚いた?」

いたずらっ子の笑みで問う。玲はメガネの奥の目をぱちぱちさせた。

「すごく。ロケ、もう終わったの?」

「うん。編集部に用事があって寄ったんだけど、大橋さんが、この時間なら営業フロアに顔出しても邪魔にはならないって教えてくれたから、覗《のぞ》きにきちゃった」

自分の職場でこんなふうに椎名と顔を合わせるのは、なんだか不思議な感じだった。

「俺、今日はこれであがれるから、一緒に夕飯食べない?」

「ホント? でもごめん、あとちょっとだけ仕事が残ってるんだ」

「もちろん終わるまで待ってるよ」

玲は出張中の山田の席に腰かけて、楽しそうにくるくると椅子を回した。

玲は大急ぎで、しかし手抜かりがないよう注意深く、キーボードを叩く。

頬に熱い視線を感じて横を向くと、いつのまにかくるくる回るのをやめた椎名が、じっと玲を見ていた。

「なに？　なにかついてる？」

昼に食べたやきそばの青のりかと口元をこすってみる。

「いや、仕事してる玲さんはかっこいいなと思って」

「こんな地味な事務処理より、椎名くんの仕事の方が百億倍かっこいいよ」

「いやいや、やっぱりスーツで働く男はかっこいいよね」

とんでもない、椎名くんこそ、とひそひそこそこそ遺憾《いかん》なくバカップルぶりを発揮《はっき》しているところに、

「うわっ、椎名さん？」

山田の声が降ってきた。玲はちょっと驚いて山田を見上げた。

「あれ、山田さん、今日は出張先から直帰って言ってませんでした？」

「意外と早く帰れたから、一応顔出しておこうと思って。これ土産《みやげ》」

フロアへの土産の菓子箱を玲に手渡し、椎名に微笑《ほほえ》みかける。

「酒饅頭《さかまんじゅう》なんですけど、よかったら椎名さんもどうぞ」

「ありがとうございます。あの、山田さん」

「はい？」

「いつも玲さんがお世話になってます」

キメキメの笑顔でそんなことを言い出す椎名に、汗が噴き出す。なにそれ天然？　それとも昨日お祝いをしてもらったと言ったことに対するちょっとした意趣返し？

案の定《じょう》、山田は「いえいえ」と笑顔で返しながら、なぜ椎名にそんなことを言われるのかわからないという表情だ。深く突っ込まれたらどうしようとハラハラしたが、山田はふと何か思い出したような顔で玲の方に視線を向けた。

「あ、そうだ。栗原《くりはら》さんから電話があったけど、昨日あのあと大変だったんだって？　五十嵐《いがらし》がベッドまで運んでくれて、優しく介抱《かいほう》してくれて助かったって言ってたよ」

ピキッ、と空気が凍りつく音が聞こえた気がした。

なぜこのタイミングでそんなことを言い出すんだと焦《あせ》る玲に、なにも知らない山田は無邪気に追い打ちをかける。

「あの人、何かっていうと五十嵐のことを話題にしてくるんだよな。よっぽどおまえを気に入ってるんだな」

爆弾を落とすだけ落として、山田は課長に呼ばれて去って行った。

「あの、あと五分で終わるから、待ってて」

恐る恐る振り向いて伝えると、椎名は無表情にこくりと頷いた。明らかに先程までとは表情が違う。

メールを送信してパソコンの電源を落としながら、玲はだらだら冷や汗をかいた。

椎名に嫌な思いをさせたくないから伝えなかったのだが、こんなことなら、昨日自分の口から話しておけばよかったと思う。

外で食事をするような空気ではなくなってしまったため、とりあえず椎名と一緒に家に帰って、状況を説明することにした。

タクシーの中でも、椎名はずっと無言だった。もちろん運転手のいるところでする話ではないが、明らかに不機嫌が伝わってくる沈黙だった。

椎名をリビングに招き入れ、玲は会話の糸口を探した。

「お腹空《す》いたよね。ピザでも頼もうか」

「昨日、栗原さんも一緒だったの？」

いきなり本題に切りこまれて、玲はうろたえながら頷いた。

「言おうと思ったんだけど……」

「あの人の家までのこのこついていったわけ？」

玲の弁明の途中で椎名はかぶせるように問いただしてくる。

「仕方なかったんだ。栗原さんが泥酔《でいすい》しちゃって、山田さんは今日始発で出張だったし……」

事実を口にしているだけなのに、なぜこんなに言い訳じみて聞こえるのだろう。

「どうして栗原さんと一緒だったこと、俺に隠したんだよ」

隠すという意図はなかった。むしろ玲は喋《しゃべ》って楽になりたかったくらいだ。言わなかったのは椎名に対する気遣《きづか》いだった。

だが気ばかり焦って、それを咄嗟《とっさ》に理路整然と説明できずに、玲は口を開けたり閉じたりを繰り返した。

そんな様子が、さらに椎名を疑わしい気持ちにさせたようだった。

「……何か疚《やま》しいことでもあるの？」

ジャケットのポケットに手を突っこんだまま、不機嫌そうに問いただされて、まるでドラマのワンシーンみたいだと思った。相手が本物のイケメン俳優だということもあるし、よもや自分がこんなふうに椎名から疑いの目を向けられる日が来ようとは、ついさっきまで思ってもいなかったので、現実感がなくて、フィクションの一場面のように感じられた。

「疚しいことなんて、ひとつもないよ。そもそも飲み会に栗原さんを誘ったのは山田さんで、僕は何も知らされてなかったんだ。そうだ、山田さんに電話するから、直接訊《き》いてみてよ」

なんとしてでも身の潔白を証明しなくては。

玲は携帯を取ろうと、入口に置いてきた鞄《かばん》の方に引き返した。その拍子に、部屋の隅に放置してあった紙袋が足にひっかかり、床に中身がはみ出した。

いかがわしい玩具《おもちゃ》や毒々しい色のローソクに、椎名の目が釘付《くぎづ》けになる。

玲は動揺しすぎて、心臓を口から吐《は》きそうになった。

「これって……」

「ちょっと待って、ちゃんと説明させて」

椎名はのろのろと屈《かが》み、表面に無数の突起を纏《まと》った卑猥《ひわい》な形の玩具《がんぐ》を拾い上げた。

「それは栗原さんから……」

事情を説明しようとしたが、栗原の名前を出したとたん、椎名の目つきが険《けわ》しくなった。

「元カレからのプレゼント?」

「そ、そうじゃなくて、」

「やっぱり玲さんはこういうのが好きなの？　あの人とこれで何かしたの?」

弁明しようとするそばから話の腰を折られ、ついにはその一言に、玲の心はざっくり傷つけられた。

「……やっぱりって、どういう意味?」

理由はどうあれ、椎名にちゃんと話しておかなかったことは後悔している。でも、最初から言い訳も聞かずに疑ってかかって、挙句《あげく》の果てに「やっぱり」というのは、あまりにもひどくはないか?

自分はそんなに信用ならない相手なのだろうか。

椎名の熱愛報道を目にしたとき、玲はみじんも椎名の気持ちを疑ったりしなかった。椎名の自分に対する愛情とその誠実な人柄《ひとがら》を、心から信じていたので。

それなのに椎名は信じてくれなかった。しかも「やっぱり」って。

「……椎名くんは僕のことを、やっぱり淫乱《いんらん》だったたって蔑《さげす》んでるんだね」

玲の反撃に椎名はやや気圧《けお》された表情になりつつ、言い返してきた。

「蔑んでるなんて、ひとことも言ってないだろ。俺は淫乱なくらいの方が好きだって前にもちゃんと言ったよね?」

論点がずれているし、淫乱だと思われていることに変わりはない。

「……椎名くんとつきあってるのに、どうして栗原さんと何かしたなんて思うんだよ。僕はそんなに信用できない人間かな」

「じゃ、どうしてあの人と会ってたことを俺に秘密にしてたの? しかも家にまで上がりこんだり、こんなものをプレゼントされたりしてるんだよね? それで俺は何を信じればいいの?」

冷ややかに言われて、目の前が真っ暗になった。これは本当に椎名なのだろうか。

強い愛情で結ばれているなんてのぼせあがっていた。盤石《ばんじゃく》の絆《きずな》だと信じていた。椎名は自分のすべてを包み込んで愛してくれているなんて自惚《うぬぼ》れて。

いい気になって、昨夜は上から目線で栗原に説教までしてしまった。

しかし、現実はこれ。椎名はずっと自分のことを、薄汚い尻軽《しりがる》淫乱男だと疑っていたのだろうか。

これまでの自分の的外れな浮かれっぷりが、滑稽《こっけい》ですらあった。

ちゃんと一から説明してわかってもらおうという気力はすでに潰《つい》えていた。今、何を言っても、見苦しい言い訳としかうけとってもらえないだろう。

信用してもらえない自分が悲しかったし、闇雲《やみくも》に疑ってかかる椎名に憤《いきどお》りを覚えた。大好きな相手から信用してもらえないのは、あまりに悲しくやりきれなかった。

気まずい沈黙がしばらく続いたあと、椎名はやや乱暴に玩具を紙袋の中に放った。

「今日は帰る」

感情を抑えた声で椎名は言った。引きとめる言葉を見つけられずにいるうちに、椎名は静かに出て行った。

ドアが閉まる大きな音は、玲の人生が終了した音のように聞こえた。


プライベートが充実しているときには仕事にも気合いが入る。だからといって、プライベートがグダグダだからやっつけ仕事というわけにもいかない。

自分は椎名を裏切るようなことはしていないという矜持《きょうじ》と、椎名への憤りでなんとか気持ちを支えて、玲は日々の業務を一生懸命こなした。

椎名に疑われたショックは計《はか》り知《し》れなかった。玲は椎名を疑ったことなど一度もないのに。栗原に襲われかけたときには、椎名への誠意を貫くため、犯罪者になることも辞さない覚悟で身を守ったのに、椎名は言い訳すら聞いてくれずに玲の不貞を決めつけた。

とにかく自分は何も間違ったことはしていないという思いだけが、玲の心のよりどころだった。

しかし間違っていないことと、椎名の信用を失ったショックはまた別問題だった。なんとしてでも椎名に真実を伝えて、誤解を解きたかった。

とりあえずメールで、と何度も携帯に椎名のアドレスを呼び出しはするものの、椎名の理不尽な態度を思い出すとわだかまりを感じて意固地になってしまい、連絡できずにいた。

いいのか悪いのか、時間の経過と共に冷静さを取り戻していくと、徐々に憤りは収まり、逆に椎名に対する自分の憤りこそお門《かど》違いではないかという気持ちが大きくなり始めた。

件《くだん》の熱愛報道で玲が椎名を疑わなかったのは、信頼感はもちろんのことだが、あれが降ってわいた事実無根の騒動だったからだ。椎名は相手の女性と二人きりになったことはなく、それを証言する人間もいる。

しかし玲の方は疑われても仕方がない状況が色々重なった。理由はどうあれ、元カレと飲んだことを椎名に隠していたのは事実だし、栗原の家で実際に身の危険も味わった。そのうえあのいかがわしい紙袋の中身。玲にしてみればすべて濡《ぬ》れ衣《ぎぬ》だが、椎名の立場になって考えれば、疑わしい状況証拠ばかりだ。

椎名が怒るのも当然で、むしろ自分に逆切れする権利などなかったのだと、悄然《しょうぜん》と思った。

そう思うとますます連絡が取りづらく、また椎名からも一切のコンタクトがないことが玲を不安にさせた。

単なる喧嘩《けんか》では済まない展開なのかもしれない。椎名にすれば、自分の目を盗んでかつての交際相手とあんないかがわしい物を使って何かしていた（ことになっている）相手など、もう顔も見たくないというところだろう。

それが事実であれば、自業自得と諦《あきら》めるほかはない。だがすべては誤解なのに。

なんとか誤解を解くチャンスを与えてはもらえないだろうか。

しかし冷たくあしらわれることを想像すると、怖くなってしまう。思考は堂々巡りを繰り返した。

よく話し合って、などと栗原に知ったようなアドバイスをした自分が滑稽《こっけい》すぎて、笑うに笑えなかった。

夢のような相手との夢のような恋愛の成就《じょうじゅ》に、自分はどれだけ舞い上がっていたのだろう。全能感にとらわれ、陳腐《ちんぷ》にも空も飛べるような気持ちになっていた。おとぎの国の王子のような恋人は、自分のことをなんでもわかってくれて、どんな自分も愛してくれる、そんな思いあがった勘違いをしていた自分が恥ずかしい。

椎名だって人間なのだ。不快な思いをすれば腹も立てるし、気持ちだって醒《さ》めるだろう。

椎名との楽しかった日々が、まるで遠い夢の中の出来事のように思えた。

## 5

編集部では、自社の出版物のみならず、各社の雑誌類などを研究資料のために取りよせていたりもする。

玲《れい》のデスクの上には、それらの雑誌の記事のコピーの束《たば》が載っていた。『よかったらどうぞ』というどこか冷やかしめいた大橋の付箋《ふせん》メモが貼り付けてあった。記事はどれも椎名《しいな》の特集やインタビュー記事などだった。

状況を知らないらしい大橋の、茶目っ気たっぷりの計《はか》らいが、ありがたくも切なかった。

もう半月、椎名とは連絡を取り合っていない。多忙な椎名は、その忙しさに取り紛《まぎ》れて、淫《いん》乱《らん》疑惑の恋人のことなど頭の隅に押しやっているかもしれない。

だが玲の頭の中は、日に日に椎名のことでいっぱいになっていく。

相手が有名人というのは、こういうときにいいのか悪いのか。テレビや雑誌で、否応《いやおう》もなくその顔を目にすることになるのは、なんともいえない気持ちになるものだ。

八時を回り、営業フロアにはもうほとんど人はいなかった。家で一人になるとついネガティブなことを考えてしまうので、このところ何かと理由をつけては残業している玲だった。

コピー写真の椎名の笑顔が、遠い存在に見えた。

もしかしてこれで終わりなのか？　もう顔も見たくないと思われているのか？　などなど、あの一件の直後に玲の中に渦巻《うずま》いていた不安や焦《あせ》りは、すでに確信と諦《あきら》めに変わりつつあった。

玲が連絡できずにいるのは、冷たくあしらわれる怖さからだったが、椎名が連絡をよこさないのは、もう玲を見切ったからなのだろう。

恋の始まりや終わりがドラマチックな台詞《セリフ》で語られるのはフィクションの世界だけの話で、実際の恋愛はなんとなく始まって、こんなふうになんとなく自然消滅《しょうめつ》してしまうことも多いのだろう。

ケンカ別れした直後は腹立ちが勝っていたのに、今では玲はすっかり打ちひしがれ、悲嘆《ひたん》に暮れていた。

椎名のことが大好きだった。幸せの絶頂だった。そこからいきなり梯子《はしご》を外されて、すぐには気持ちの整理がつかない。

それでももう、諦めるほかないのだろう。

コピー記事の中で微笑《ほほえ》む椎名を眺めていると、冷たいものが歯にしみるみたいに胸がじわじわ痛んだ。

いつかこの痛みが消える日が来るのだろうか？　今はとても信じられないけれど。

濡《ぬ》れ衣《ぎぬ》でこんな結末になるなんてあまりに理不尽な話だが、多分、真偽《しんぎ》は関係ない。どちらかの気持ちが醒《さ》めた時点で、恋は終わるものなのだ。

椎名はきっとどこかで玲のことを疑っていて、栗原《くりはら》との一件がその疑問を決定的にしたのだ。玲がどれだけ誤解だと説明しても、醒めてしまった気持ちはもう戻らないだろう。

仕事もないのにいつまでもぐずぐず居残っているわけにもいかず、玲は大橋の好意をそっと鞄《かばん》にしまって、職場をあとにした。

コンビニで弁当とビールを買って帰り、一人で食べて、洗濯機《せんたくき》を回して、風呂に入って寝る。そんな毎日。

それが味気なくて虚《むな》しいと思うのは、きっと過剰《かじょう》な感傷に過ぎない。玲はずっと、椎名とつきあっている間ですら大半の日々を、そうやって一人で過ごしてきたのだ。

あえてセンチメンタルな味付けをする必要はない。今まで通りの普通の毎日じゃないか。

そうは思っても、やはり明らかに何かが違う。ちょっと油断するとわけもなく涙腺が緩《ゆる》みそうになる。

駅からマンションへと向かう夜道で、また椎名のことを思い出してしまう。初めて二人で出かけた日の帰りに、この縁石の上で椎名とかけっこをした。椎名に交際を申し込まれて、戸惑《とまど》いながらも幸せの絶頂だったあの日が、もう百年くらい昔のように思えた。

玲はもう、縁石の上を歩いたりしなかった。沈丁花《じんちょうげ》が春の香りをふりまきながら、しかしまだピンと張りつめて冷たい夜気の中を、前のめりにぐいぐい歩いてマンションへと辿《たど》りついた。

俯《うつむ》いて歩いていた玲がエントランスの前の人影に気付いたのは、ほんの五メートルほどの距離まで近づいたときだった。

「今日は縁石に乗らないの？」

静かな声で訊《たず》ねてくる椎名の姿に目を瞠《みは》る。

心臓が肺や胃袋まで浸食《しんしょく》するほど膨《ふく》れ上《あ》がり、頭の中がわやくちゃになる。

なんで？　まさか仲直りに来てくれたの？　それとも決定的な別れ話？

「今日、遅かったね。仕事が忙しかった？」

再び椎名の方から話しかけられ、しかし玲は喉に何かが詰まったように声が出てこなかった。

半月ぶりに生《なま》で見る椎名。生で訊《き》く椎名の声。口を開いたら、泣いてしまいそうだった。

表情も作れずに黙り込む玲を見て、椎名はちょっと困ったように微笑んだ。

「話がしたいんだけど、あがらせてもらえるかな？　もちろん外でもいいよ。そこの通りにファミレスがあったよね」

どんな話かわからないけれど、人目があるところで玲が感情を昂《たかぶ》らせたりして悪目立ちしたら、椎名に迷惑がかかってしまう。

「中、どうぞ」

やっと絞《しぼ》り出《だ》した声は、変に緊張して響いた。

エレベーターに乗ると、椎名は操作盤《ばん》の前に立った玲とは一番離れた反対側の壁に背を持たせかけるように立った。

前はエレベーターの中でじゃれかかってきたりしてひやひやしたのに、今は距離を置かれていることに違う意味でひやりとした。

部屋に入ると、椎名の目がこの間と同じ場所に置いてある紙袋に止まった。処分方法がわからないのと、もうそんなことはどうでもいいという投げやりな心境で、そのまま放置してあった。

静けさが怖くて、玲は見もしないテレビをつけ、キッチンでもたもたとコーヒーを淹《い》れた。

椎名の前ではいつもドキドキしたが、こんななんともいえない緊張感は初めてだった。

コンパクトなダイニングテーブルでコーヒーを挟《はさ》んで向かい合う。

椎名は湯気のたつカップをじっと見つめながら、低い声で言った。

「別れた方がいいですよね、俺たち」

頭から、さーっと血の気が引くのがわかった。

この二週間、もう終わりなのだとずっと覚悟していた。しかしはっきり口にされたとたん、どこかに修復を期待する気持ちが残っていたことに気付いて、打ちのめされる。

終わりなら、フェードアウトでよかったのに。わざわざ息の根を止めに来なくたって。

思わず恨《うら》み事《ごと》を言いそうになって、唇を噛む。そうじゃない。これが椎名の優しさであり、誠実さなのだ。

そういうところが好きだった。大好きだった。

何か答えなくてはいけないと思ったが、やっぱり声が出ない。

嫌な思いをしてまで、きちんとけじめをつけに来てくれた椎名に、せめてすっきりした気持ちで帰ってもらうのが、自分にできる最善のことだと言い聞かせて、玲は椎名の顔を見られないまま、それでもなんとか頷いてみせた。

これでもう、椎名くんは自由だよ。今までありがとう。これからも応援してます。

せめて別れ際はさっぱりと、と思うのに、口を開いたら抑《おさ》え込《こ》んでいる気持ちが爆発してしまいそうで、やっぱり何も言えなかった。

椎名がため息をつくのが聞こえた。修羅場《しゅらば》にならずに別れられた安堵《あんど》の吐息《といき》だろうか。

「ごめんね、俺、ホントにバカだったよ」

ぼそりと椎名が言う。椎名が謝ることなんてないというのに。

「自分がこんなに直情型の大馬鹿野郎だなんて、思ってなかった。玲さんに愛想尽かされて当然だよね」

頭を垂れ、唇を噛んで別れのつらさを耐え忍んでいた玲は、椎名の言葉に引っ掛かりを覚える。

愛想を尽かされたのは、僕の方だよね？

「玲さんの説明も聞かずにキレて、あんな暴言を吐《は》いて……。俺みたいな最低な奴《ヤツ》は、玲さんにはふさわしくないよね」

話の流れがよくわからずに、混乱していると、椎名はいきなり椅子を蹴《け》って立ち上がった。びっくりして顔をあげると、椎名は玲の前にやってきて、フローリングに膝をつき、額を床にすりつけた。

「ごめん！　本当にごめんなさい！　玲さんが別れたいって思うのは当然だけど、もう一回だけチャンスをください。お願いだから、俺を捨てないで」

「……え、あの……」

わけがわからないまま、玲も動揺して椅子からおり、椎名の腕に怖々手をかけた。

「そんなこと、やめてよ」

「百万回土下座したって許されないことはわかってるよ。俺、本当に最低だよね。玲さんが連絡くれないのは当然のことだし、もう俺のこと切りたいっていう気持ちはよくわかる。でも、玲さんと別れるなんて無理なんだ。お願いだから考え直して。玲さんにふさわしい男になれるように、死ぬ気で頑張るから！」

「何言ってるんだよ」

「うん、いまさら何言ってやがるって思うだろうけど」

「違うよ。そうじゃなくて、僕のことが嫌になって別れたいって思ったのは、椎名くんの方じゃないの?」

「え、俺? なんで?」

思いもよらないことを言われたという表情で椎名が顔をあげる。もはや何が何だかさっぱりわからない。

「……やっぱり淫乱は無理って思って、もう連絡もくれないのかと思ってた」

椎名はぶんぶんとかぶりを振った。

「違うよ! あんなひどいこと言って、もう玲さんに嫌われたと思ったら怖くてメールもできなかったんだ。玲さんからも連絡ないから、完全に疎《うと》まれたんだなって」

つまり二人で同じことをぐるぐる考えていたということか?

「……こっちこそ、椎名くんに愛想を尽かされて連絡を絶たれたんだと思ってた」

そうではなかったのだと実感したとたん、張りつめていたものが緩んで、ぽろっと涙がこぼれ落ちた。

椎名が目を見開く。

「玲さん?」

「ご、ごめん、ちょっと安心したら気が緩んで」

いい歳をして何を泣いているんだと恥ずかしくなり、玲はメガネを外して慌ててハンカチで目元を押さえた。

「うわ、ごめん、ホントにごめん、俺のせいで玲さんに勘違いさせて、泣かせて……」

「……僕のこと、嫌いになってない？」

「なるわけないよ！　玲さんが本当に浮気してたとしても、俺は玲さんのこと嫌いになったりしないよ」

「浮気なんてしてないよ！」

「うん、わかってる」

椎名はそのキラキラしいルックスのまま、しゅんとうなだれた。

「あのあと冷静になってすぐに、自分の思考の暴走ぶりに呆《あき》れ果《は》ててたよ。玲さん、何度も説明してくれようとしてたのに、俺、カッとなってそれを遮《さえぎ》って、聞きもしないで……」

素直に反省されると、玲も自分の不手際を詫《わ》びたくなった。

「最初に僕がちゃんと言わなかったのが悪かったんだよ。あの状況で勘違いするのは当たり前だよ」

「栗原さんと会ったっていう日、玲さん電話くれたよね？　あれってそのことを話してくれようとしたんじゃないの？」

明察に、玲はメガネをかけ直しながら頷いてみせた。

「そのつもりだったんだけど、その後色々予想外のことが起こって、結果的には椎名くんに誤解されるような隠し方をすることになっちゃって。ホントにごめんね」

いまさらながら、玲は椎名に栗原とのことのなりゆきを話した。途中からは、泣き笑いの様相になる。

「偉そうに栗原さんに恋愛のアドバイスなんかして、その直後に椎名くんとはあの有様《ありさま》で。もう笑うに笑えない展開だった」

「ごめんね」

床に座ったまま、椎名は玲の手を取った。

「俺、玲さんのことが好きすぎて、頭がおかしいんだ。俺に内緒であの人と会ってたんだって思ったら、嫉妬《しっと》で血管が切れそうなくらいになっちゃって」

長い指が、優しく、でもどこか怖々と玲の指に絡まってくる。

「大橋さんとのことでもバカ丸出しの勘違いしたばっかなのに。俺、どんだけ玲さんをひとりじめしたいのかな。自分が青臭《あおくさ》すぎて、もうホント羞恥《しゅうち》死にしそう……」

別れ話から一転、甘やかな告白に、玲はまた潤《うる》みそうになる目を瞬《しばたた》いた。

「椎名くんみたいに魅力的な人が、僕なんかのことで嫉妬するなんて……」

「魅力的なんて、ホントに思ってくれてる？　個人的につきあってみたら、俺がどんだけちっちゃい奴《ヤツ》かわかったでしょう？」

繋《つな》いだ手にぎゅっと力を入れて、椎名は情けなげに眉尻《まゆじり》を下げた。

「玲さんを傷つけた元カレのこと、すごく腹立ってたし、口に出して非難もしたけど、考えてみれば俺だって似たようなものだよね。玲さんにあんな暴言を吐いて」

「椎名くんは、嫉妬して言ってくれたんでしょう？」

「元カレの言動も、歪《ゆが》んではいるけど愛情から出てたことなんだよね、きっと。俺に人を非難する権利なんかないって、今は思う」

しょげ返る椎名の顔は、テレビや雑誌のグラビアで微笑む非の打ちどころのない椎名とは別人のようだった。

そんな普通の青年の顔を、玲はたまらなく愛《いと》おしいと思った。自分の前で弱みを晒《さら》し、途方にくれる、自分と同じごく平凡な男の顔を。

「俺、もっと大人になれるように努力するよ。つまんないことですぐカッとならないように」

そう言って、椎名はちょっと困ったように笑った。

「でも、玲さんを好きすぎるのは治らないから、これからも失敗すると思うんだ。そんなしょうもない奴だけど、見捨てないで。俺のこと、嫌いになんないで。長い目で見てよ」

よもや椎名からそんな懇願《こんがん》をされるとは。

「それは僕の台詞《セリフ》だよ。僕なんかが椎名くんの恋人でいいのかなって思うけど、でも、あの、ずっと椎名くんの恋人でいられたらいいなって思います」

「玲さん」

椎名の手が玲の手をぐっと引き寄せた。吐息が唇にかかり、玲はドキドキしながら潤んだ目を閉じた。

唇がわずかに触れた瞬間、椎名の携帯がけたたましく着信音を響かせた。

びっくりしてゴチンと額をぶつけ合い、弾《はじ》かれたように左右に分かれる。

「超ビビった」

目をぱちぱちさせながら携帯を取り出した椎名は、「ゲッ」という顔でマネージャーの名前が表示された携帯を玲の方に向け、ごめんねというように片手で拝んで通話に応じた。

椎名は隠しもせずに玲の家にいることを告げている。聞こうとしなくても聞こえてくる会話の様子で、明日はまた早朝からの仕事だということがわかった。

そんな忙しい合間を縫《ぬ》って会いに来てくれたことに感激しながら、通話を終えた椎名に声をかけた。

「仕事、大変なのに、来てくれてありがとう」

椎名は端整な顔にいつもの優しい笑みを浮かべた。

「だって会いたくて、もう限界だったし」

それからちょっといたずらっぽい顔で言う。

「ホントはね、まずは電話でって思ったんだ。でも着信拒否されてたりしたら立ち直れないなと思って怖くて。それでアポなし待ち伏せしちゃったんだ。……驚きのチキンぶりにひいた？」

　玲はかぶりを振った。ひくわけがない。椎名が自分と同じ不安を抱《かか》えていたこと、それでも椎名の方から一歩あゆみよってくれたことに、感謝と愛おしさが際限なくわき上がってくる。

「もうこれ以上ないくらい椎名くんのことが好きだと思ってたけど、もっと好きになっちゃった」

「うー、玲さんの男殺し」

　抱き寄せられて、今度こそ唇がしっとりと重なった。

　久しぶりのキスは玲を甘く酔《よ》わせた。お互いのすべてを吸いつくすような長いくちづけが解かれると、玲はまともに立っていることができずにふらつき、件《くだん》の紙袋をまたひっくり返した。

　もめごとの発端《ほったん》ともなった困った品々に、どちらからともなく笑ってしまう。

「これ、さっさと捨てたいんだけど、分別の仕方がわからなくて」

「俺が処分させてもらってもいい？　玲さんの部屋に来るたびにこれを見るのもちょっとなぁって感じだし」

　そう言って、椎名はローソクを引っ張り出した。

「俺、まだ罰《ばつ》を受けてなかったね。これで一人ＳＭの刑ってどうかな？」

「は？」

　玲が唖然《あぜん》としているうちに、椎名は紙袋からライターをつまみだして、ピンク色のローソクに火をつけた。

「こんな感じで垂《た》らすのかな」

自分の手の甲に溶けた蠟《ろう》を垂らそうとしている椎名に、玲は慌てて止めに入った。

「ダメだよ！　大事な身体にあとでも残ったらどうするんだよ！」

この手のローソクは融点《ゆうてん》が低く作られているものだが、それでも椎名の暴挙《ぼうきょ》に焦《あせ》ってしまう。

玲が手を出したせいで却《かえ》ってローソクが傾《かし》ぎ、蠟が椎名の手に滴《した》り落《お》ちた。

「熱っ！」

「わ、ごめん！　大丈夫？」

「平気平気、やけどするほどの熱さじゃないから」

「こんな近距離で垂らしたら、やけどすることだってあるよ」

「じゃ、もうちょっと上から垂らしてみて」

いきなりローソクを手渡されて、さらに動揺する。

「何言ってるんだよ」

玲の困惑をよそに、椎名は床に大の字に寝そべり、シャツの袖《そで》をめくりあげた。

「この辺にちょっと垂らしてみてよ」

ありえないと思ったが、椎名は不思議と楽しそうな表情で、子供が遊びをせっつくように急《せ》かしてくる。

それで気が済むならと、玲は渋々蠟を垂らした。なるべく高い位置からと思うせいで狙《ねら》いが定まらず、床に点々と蠟が垂れ、椎名に「コントロール悪いよ」と笑われてしまった。

ようやく椎名の腕にぽたりと垂らすことに成功する。

「熱い？」

「全然平気。でも、特に気持ちよくもないかな」

椎名は大真面目《おおまじめ》な顔で感想を述べた。ローソクを吹き消す玲に、椎名が真剣な声で「玲さん」と呼びかけてきた。

「なに？」

「俺は特に良くなかったけど、もしも玲さんが好きだったら、こういうの全然抵抗ないよ？」

「は？」

椎名は上半身を起こし、紙袋を引き寄せてざらりと中身を床に出した。

「この中で使って欲しいものがあったら、教えて欲しいんだ」

一瞬、血の気が引きかける。

「……椎名くん、やっぱり僕のことを淫乱だと思ってるの？」

「違うよ！」

椎名は真剣な顔で否定した。

「俺はちゃんと玲さんと意志の疎通《そつう》を図《はか》りたいんだ。玲さんのして欲しいことは、俺のしたいことだよ」

急にローソクなんか使いたがったのは、そういうことなのか。

見当外れの憶測《おくそく》にあっけにとられたが、椎名がものすごく真剣な顔をしているのを見て、とても愛されていることを感じた。本当はこういうプレイが好きだけれど玲が言い出せないなら、自分から水を向けてやろうという男気らしい。

だから玲も、本音を打ち明けることにして、それらの道具を脇に押しのけた。

「僕はこういうのより、生身《なまみ》の椎名くんの方が好きです」

言うなり下から椎名の手がのびてきて、嚙みつくようなキスをされた。ぐるっと裏返しにされて、そのまま床に組み敷かれる。

「玲さん、大好きだよ」

「僕も……」

「生身の俺を堪能《たんのう》してよ」

「待って、でも、明日仕事で早いんでしょう？　また今度……」

「今度なんて待てないよ。俺がどんだけ玲さんに触りたかったと思ってるの？」

「僕だって」

玲はまた泣きそうになってしまう。もう触れることも叶《かな》わないと思っていた、愛おしい恋人の体温に、胸がいっぱいになる。

一応年上としては、ここは理性で「また今度」を貫き通さねばと思ったが、久しぶりに椎名のいい匂《にお》いに包みこまれたら、あっけなく情動に負けてしまった。

そのまま床の上で何度もキスを交わし、服を脱がせ合って、もつれるように寝室へとなだれ込んだ。

狭《せま》いベッドを軋《きし》ませて、椎名はまるで食いつくすような勢いで身体中をまさぐった。背中や腰を荒々しく撫《な》でまわされただけで玲はひどく感じてしまい、椎名の腹を濡らしてしまう。

椎名は身体をずり下げて、雫《しずく》を纏った玲のものを愛おしげに舐《な》めあげた。

「やっ、待って、」

そういえばシャワーもまだだったと急に現実に立ち返って焦るが、椎名は容赦《ようしゃ》なく玲に舌を這わせる。

「待たないよ。玲さん不足で飢《う》え死《じ》にしそうなんだから」

それは玲の台詞なのに、椎名に切なげに言われたら、抵抗なんて出来なくなってしまう。

しゃぶりたてられた場所から溶けだしていきそうな淫靡《いんび》な愉悦に、玲は半泣きになって腰を蠢《うごめ》かせ、シーツに爪をたてた。

堪え切れずに再び達すると、椎名はそれを口腔《こうこう》で受け止めて飲み下し、尚《なお》もすべてを舐めとるように、先端をえぐる動きで舌を這わせる。

「ふぁっ、やぁ……っ」

「玲さん、甘い」

うっとり言われて、顔から火を噴きそうになる。

「そ、そんなの、甘いわけない」

「うん、だよね。でも甘いんだ。不思議だよね。ここも、こっちも全部甘い」

ぺろぺろと奥の方まで舐められて、身体中に火がつく。

もしかしたら今、自分は本当に全身が甘ったるくなっているかもしれない。

仲直りのセックスは、身体中がとろけ落ちそうなほどに甘美だった。

舐めまわされているうちにまた兆《きざ》してきてしまい、もう一度椎名の口の中でイってしまった。

「あっ……あ、あ……ん……」

腰ががくがくと揺れ、快楽が背筋を抜ける。

立て続けに何度も頂点を極《きわ》めたせいで息があがり、酸欠になって目の前がチカチカした。

「大丈夫？　玲さんは楽にしてて」

ころりと身体をうつぶせられて、朦朧《もうろう》としたまま伸びをした猫のような体勢を取らされる。

椎名の指が、玲のぬめりを塗《ぬ》りこめるようにして、そっと後ろを穿《うが》ってきた。

「っん……」

感じやすくなった身体は、ほんの少しの刺激にも反応してしまう。

顔が見えないせいで、感覚はより鋭敏になり、椎名の息遣いや愛情を肌《はだ》でダイレクトに感じ

た。

いつもは気が遠くなるほどの念の入れ方で玲をほぐしてくるのに、今日の椎名には焦ったような性急さがあって、それがまた玲を昂らせた。時々太腿《ふともも》に当たるものの硬さが、椎名の我慢を物語っているようで、胸が甘くよじれる。

「ごめん、もう入れていい？」

我慢できないというように、椎名が玲の中に押し入ってきた。圧迫感に喘《あえ》ぎながら、自分の内側が誘いこむように椎名を迎え入れるのを感じる。腰が震えて、玲の興奮から透明な雫がしたたる。

「あ……」

「……夢みたいだ。またこうやって、玲さんと愛し合えて」

荒い息のあわいに、感慨《かんがい》深げに耳元で囁かれて、身体中の血が沸騰《ふっとう》する。頭の先から足の先まで快感でぱんぱんになり、どろどろに溶けてしまいそうだった。

「椎名くん、椎名くん、……っ、大好き」

「俺も……、やべ、どうしよう、俺、ごめんね玲さんっ」

やおら尻たぶをつかまれ、たまらないといった様子で激しく抽挿《ちゅうそう》されると、視界がチカチカと黄色く染まる。

淫靡《いんび》なあえぎ声がこぼれる口を自分の手で覆《おお》って、玲は椎名のほとばしりを体内に感じながら、また達してしまった。

ずるりと椎名を抜き取られると、身体に快感の余韻《よいん》が電気となって走る。そっと仰向《あおむ》けに返され、色っぽく潤《うる》んだ椎名の目が、間近に見下ろしてくる。

「めちゃくちゃよかったよ。……玲さん大丈夫？」

焦点《しょうてん》の合わない目を覗きこまれて、玲は否《いや》とも応《おう》ともつかず首を少し動かす。

「……玲さん、色っぽい」

色っぽいなんてものじゃない。自分があられもない状態になっていることはわかっている。いろんな場所から体液が溢《あふ》れ出《で》て、とんでもないことになっている。なんとか身じまいをしなくてはと思うのだが、はげしい快感の余韻《よいん》が尾を引いて、思考も、身体も、うまくコントロールがつかない。

「ごめん、もう一回いい？　我慢できないよ」

今度は正面から両ひざを割られ、椎名が再び侵入してきた。最前のぬめりを利用してあっけなく侵入をはたしたものは、玲の中を抵抗なく出入りする。

「ふぁ、ん……、あっ、あ……」

明日早いし、と諌《いさ》める理性はもう玲には残っていなかった。過ぎた快楽に意識朦朧《もうろう》としながら、しがみつくように椎名の首に手を回してくちづけをせがむと、椎名は嬉しそうに唇をかさねて、玲の舌を情熱的に吸い上げた。

内側はすっかり椎名に馴染み、硬く張り詰めたものでなめらかにこすりたてられると、波のように快感が高まっていく。

今度達したら、絶対に正気を失いそうな激しい快楽の波にさらわれながら、明日何時に椎名くんを起こせばいいんだろうと一瞬だけ冷静な思考が過《よぎ》ったが、本当にそれは一瞬に過ぎなかった。

「あ、ダメ、椎名くん、死んじゃう、死んじゃう……っ」

今まで味わったこともないような絶頂感が背筋を駆け抜け、予想した通り玲はそのまま身を震わせて、甘い陶酔感《とうすいかん》の中で意識を手放した。


遠く、インターホンの音が聞こえたような気がした。二度、三度、四度。しかし身体は金縛《かなしば》りにあったように重たくて、身動きが取れない。

朦朧とする意識の中に、やがてドアの開閉音が響いてきた。玲は重い瞼《まぶた》をこじ開ける。ぼやけて焦点の合わない視界に、開けっぱなしの寝室のドアが見えた。その向こうから、きりっとした女性が無表情にこちらを見ていた。

見覚えのある顔を、脳内の記憶と照合する。

あれは確か……中野さん!?

俄《にわ》かに我に返って身を起こそうとするも、相変わらず金縛りは解けない。

いや、金縛りではなかった。椎名の身体が玲の上に覆いかぶさって、ぎゅうぎゅうに抱きしめられている。椎名はすやすやとやすらかな寝息をたてていた。

「ひっ、や、す、すみません、あの……」

おろおろしながら起き上がろうとする玲を無表情のまま制し、中野は「ちょっと失礼します」と寝室の中に入ってきた。

持っていた大きなバッグで、パカーンと椎名の後頭部を叩く。

色々な意味でとんでもない状況に「ひーっ」となる玲を尻目に、中野は椎名の耳元で大声を出した。

「椎名くん！　仕事行くわよ！」

「んー……」

椎名はのろのろと顔を起こし、眩《まぶ》しそうに目を開いた。玲と目が合うと、その顔にさざ波のように笑みが広がる。

「おはよう、玲さん」

チュッとキスされて、玲は動揺しまくった。

「し、椎名くん、今そんな場合じゃないから。中野さんがっ」

「え？」

椎名は首をあげて背後を振り向き、それからベッドヘッドの目覚まし時計に目をやった。

「やべ」

「やべ、じゃないわよ！」

「すみません。でも中野さん、どうやって中に入ってきたの？」

「鍵《かぎ》が開いてたわよ。どれだけ辛抱《しんぼう》たまらなかったのか知らないけど、鍵くらい閉めなさいよ」

「はーい」

「一分で身支度してよ！」

「三分ください」

パンイチでベッドを出て洗面所に向かう椎名と一緒に、中野も寝室を出て行った。その隙に玲はクローゼットからシャツとパンツを引っ張り出して身にまとい、オタオタと二人のあとを追った。

「あの、すみません、朝早い仕事だってわかってたのに、僕が起こしそこね……」

気まずく言い訳の言葉を口にしながらリビングに踏み出して凍りつく。

脱ぎ散らかされた二人分の服。床に滴《したた》る真っ赤なローソク。あたり一面に散らばった手錠《てじょう》に荒縄《あらなわ》。そして数々の電動玩具。

中野の前でどれだけの恥《はじ》をかいたら済むのかと、狼狽《ろうばい》のあまり気絶しそうだった。いや、いっそ気絶できたらよかった。

「五十嵐さん」

中野に冷ややかに呼びかけられて、玲は思わずその場で固まった。

「は、はいっ」

「椎名はあれでも一応人気タレントなんです」

「も、もちろんよくわかってます」

「タレントにとって、イメージはとても大切です」

「と、当然そうですよね」

答えながら、更なる新展開を想像して背筋が凍った。やっと椎名と仲直りして、さらに強い絆で結ばれたかと思った矢先、今度はマネージャーに引き裂かれる運命なのか。

汗ばむ手をぎゅっと握《にぎ》りしめる玲に、中野は淡々と続けた。

「椎名とは長いつきあいですけど、こういう趣味があったことは初めて知りました」

「いや、あの、」

「夜の趣味にまで口を出すつもりはありませんが、今言ったように、タレントはイメージが大事なんです。ですから、こういった嗜好《しこう》は、五十嵐さんが責任を持って受け入れて、発散させてやってくださいね」

「……は?」

「あちこちでこういう趣味を披歴《ひれき》されても困りますし」

「違います、あの、」

「幸い、椎名は五十嵐さんに夢中ですから、よそでってことはないと思いますが、しっかり手《た》綱《づな》を握っておいてもらわないと」

そこに洗面所から椎名が戻ってきた。タオルで顔を覆ったまま、裸の腹筋を小刻みに震わせている。どうやら一連のやりとりを聞いて、笑いをこらえているようだった。

「ほら、さっさと服着なさいよ。行くわよ」

「はい。一分で支度しますから、外で待っていてもらえますか?」

「ホントに一分で来てよ」

言い置いて、中野はしゃきしゃきと出て行った。

赤くなったり青くなったりしている玲を、椎名はぎゅっと抱き寄せた。

「ごめんね、びっくりさせて。中野さんってかっとんでるから。ああいうところが好きだけど」

「あの、ちゃんと誤解を解いておいてね」

玲は床に散らかった品々に目を走らせながら言った。

「いいじゃん、却って好都合」

椎名は笑いながら自分のシャツを拾ってさっと羽織り、手櫛《てぐし》で髪をかきあげた。昨日のしょげ返った姿が嘘のような、爽《さわ》やかなイケメンができあがる。

「身体、大丈夫?」

椎名から昨夜の激しい情事を思い出させるようないたわりの言葉をかけられ、頬が熱くなる。

「僕はデスクワークだから支障ないけど、椎名くんこそ、忙しいところに、あの、さらに疲れるようなことして、大丈夫？」

「全然。今すぐまたできるくらい」

笑ってまたチュッとキスしてきた。

「ホントは一日中玲さんとベッドで幸せの余韻に浸《ひた》っていたいけど、仕事頑張ってくるね。ちゃんといい男にならないと、玲さんに見限られちゃうから」

「どんな椎名くんでも、大好きだよ」

「むなしいなくんでも、やらしいなくんでも？」

「もちろん」

「よかった。じゃ、次回はもっとやらしいことといっぱいさせてね」

答える前に玄関から「一分たったわよ」と厳《きび》しい声が飛んできた。

椎名は笑って肩を竦め、床に散った玩具を紙袋にかき集めて抱え、「行ってきます」と外に飛び出していった。

まだ明けきらない通りを車が遠ざかって行く音に耳を傾けていると、携帯がメールの着信を告げた。椎名からだった。

『チキンな俺だけど、今度ケンカしたときは、二十四時間以内に謝りに行きます！』

『じゃ、僕は一時間以内に仲直りのメールをします』

対抗するように返信して、玲はあたたかい気持ちに満たされた。

きっと世界中の恋人たちが、こんなささやかな喧嘩《けんか》を繰り返しては絆を深めていくんだろうなと思う。

今日より明日がいい日でありますようにと、願いながら。

# あとがき

AFTERWORD

―月村　奎―


こんにちは。もしくははじめまして。

お手にとってくださってありがとうございます。

いつも、ちょっと前にずれたスケジュールで原稿を書かせて頂《いただ》いていて、今作も、雑誌掲載部分はもとより、書きおろし部分も一年くらい前に書いてしまっていたので、校正のために久々に読み返して、「!」「!!」「!?」と衝撃を受けました。

思いもよらない斬新《ざんしん》なストーリー展開に衝撃！　ということならよかったのですが、自分の好き設定の反復と既視感に衝撃！　という方向だったのが残念です。

とはいえ、好きなことを好きなように書かせていただき、執筆中は大変楽しく幸せだった記憶があります。

幸せといえば、今回再び小椋《おぐら》ムク先生にイラストをご担当頂けて、とても幸せです。ふわふわとやさしい先生のイラストが大好きで、自分のキャラクターたちが、小椋先生の絵柄で泣いたり笑ったりイチャイチャしたりしているのが、まるで夢の中の出来事のようです。

小椋ムク先生、お忙しい中、素敵な夢を見せてくださり、本当にありがとうございました。

今月（二〇一四年十二月）はこの本のほかに（他社様の話で恐縮ですが）ノベルスと原作コミックスも刊行予定です。どれか一冊でも、ワンシーンでも、一行でも、一コマでも、紙質でも、手触りでも、インクの匂いでも、どこか、なにか、気に入って頂けるところがありましたら、大変嬉しいです！　いや、あとがき的には、とりわけこの本のどこかを気に入って頂けたなら、なにより嬉しいです！　自信はないけど！　あ、また叱《しか》られ……！

前回、あとがきが丸々ボツになるという比類なきダメっぷりを発揮《はっき》してしまったため、どうしたら一度でOK頂けるあとがきが書けるのか、反省と模索を繰り返しながら、四日間かけてここまで辿《たど》り着《つ》きました。

模索しすぎて、前回よりも症状が悪化している気がしていますが、こんな使えない奴《ヤツ》に書く場所を与えてくださる新書館様、この本の製作販売に携わってくださったすべての皆様に、心よりお礼申し上げます。

そして、ここまで読んでくださった皆様、本当にありがとうございました！

あとがきにはいつも苦しんでいますが、小説を書くのはとても楽しいので、これからも細々かつひっそりと、書き続けていけたらいいなと願っています。

ではでは、またどこかでお目にかかれますように。

月村 奎

この本を読んでのご意見、ご感想などをお寄せください。
月村 奎先生・小椋ムク先生へのはげましのおたよりもお待ちしております。

〒113-0024　東京都文京区西片2-19-18　新書館
[編集部へのご意見・ご感想] ディアプラス編集部「恋する臆病者」係
[先生方へのおたより] ディアプラス編集部気付　○○先生

- 初出 -
恋する臆病者：小説DEAR+ 2014年フユ号（Vol.52）
恋する臆病者たち：書き下ろし

[こいするチキン]
**恋する臆病者**

著者：**月村 奎** つきむら・けい

初版発行：2014年12月25日

発行所：株式会社 新書館
[編集] 〒113-0024
東京都文京区西片2-19-18　電話（03）3811-2631
[営業] 〒174-0043
東京都板橋区坂下1-22-14　電話（03）5970-3840
[URL] http://www.shinshokan.co.jp/

印刷・製本：図書印刷株式会社

ISBN978-4-403-52366-3 